그리움이 물밀듯이

그리움이 물밀듯이

저 자 | 서미숙
발행자 | 오혜정
펴낸곳 | 글나무
주 소 | (04551) 서울시 은평구 진관2로 12, 912호(메이플카운티2차)
전 화 | 02)2272-6006
등 록 | 1988년 9월 9일(제301-1988-095)

2023년 11월 10일 초판 인쇄 · 발행

ISBN 979-11-87716-94-5 03810

값 14,000원

이 책은 **강원**특별자치도 강원특별자치도, 강원문화재단 강원문화재단 후원으로 발간되었습니다.

그리움이 물밀듯이

서미숙 수필집

저자의 글

서울에 살다 속초에 내려온 지 햇수로 26년이 되어 간다.

둘째 초등 때 옆 반 담임 선생님의 권유로 설악문우회 '갈뫼'라는 곳에 들어가 수필을 쓰기 시작했다. 아무것도 모르고 무작정 글을 쓰기 시작한 지 벌써 20년이 되어 간다.『갈뫼』33호 때 입회했는데 올해로 53회가 된다. 그만큼 내 나이도 먹고 있었다.

뒤늦은 나이에 등단을 하고 한 편, 한 편『갈뫼』에 모아놓은 글을 정리해 본다. 제2의 고향이 되어 가는 속초에서 무엇을 쓰며 무엇을 이야기하며 살아왔는지에 대한 35편의 수필들을 정리해 보았다. 정리를 하는데 나도 무르익어 가고 있고 나의 글들도 익어 가고 있다. 타들어 가지 않게 욕심부리지 않고 소소하게 아름다운 글을 쓰고 싶다. 그리움들이 물들어 스며들 듯이 나의 글들도 모두에게 그렇게 스며들도록 노력하며 글을 쓰며 살 것이다.

매일 아침 출근을 하면서 바라보는 미시령의 정상은 늘 아름답다. 이렇게 내가 속초에서 살면서 보고 느끼고, 그 감정을 글로 옮길 수 있게 해 주심에, 그 능력을 주신 것에 감사하며 살 것이다.

소소하게 살아가며 세상을 글로 스케치하며 살아가 보자.

차
례

차
례

1부

지친 영혼에게 말하고 싶은 말들

빈센트 반 고흐 앞에서

우울하신가요? 영혼이 지치거든 고흐 그림 앞에 서 보세요.

3월, 유난히 날이 추웠다. 마음도 유난스레 추웠다. 따스한 볕을 쬐고 싶었던 날 고흐 미술전에 서 있었다. 이글거리는 태양 빛을 닮은 당신은 참으로 고독해 보인다. 궁금해진다. 불멸의 화가 고흐, 유독 노란색을 즐겨 썼던 이 화가가 나는 참 좋다. 그래서 옷을 사도 노란빛이 좋았고 봄이면 가정 먼저 피는 개나리도 좋아했다. 그래서일까? 나도 그의 그림을 따라 그리면서 어느 날 그림쟁이가 되어버렸다.

이글거리는 태양을 그리는 그! 그의 그림을 보면 어지럽도록 빙글빙글 세상이 돌고 있다. 그의 눈빛이 나의 눈 속으로 들어온다. 호랑이 눈알을 닮은 그의 시선이 또 다른 세상을 만들고 있다.

〈귀를 자른 자화상〉의 핏발이 선 붉은 눈동자들이 내 주위를 빙

빙 돌면서 날 세상 밖으로 내던져 버린다. 그의 그림을 자세히 들여다보면 나도 모르게 타임머신을 타고 19세기 그의 옆으로 가 있다. 나의 현실들이 조각조각 산산이 부서져 내 머릿속까지 흩어 놓는다. 나의 19세가 붓질을 하고 있다. 사다리 높은 줄 모르고 해대었던 붓질이 이젠 내 발목을 잡고 있다. 그러나 나의 모든 것을 삼켜버린 호랑이 눈알 같은 그의 자화상 속에 내 눈이 잠기고, 그 어지러움 속에서 빠져나와 보면 세상은 마치 미로 같다는 생각이 들었다.

고갱과의 자주 빚어지는 갈등에 자신의 격분을 못 이겨 귀를 잘라버린 그는 어지러운 세상소리를 막아버린 것일까? 그러나 그의 색감이나 색의 조화는 천재적이다.

〈해바라기〉 작품에서는 이글거리는 태양 아래 고개를 푹 숙이고 있는 해바라기를 한 무더기 꽃병에 담고 있다. 어떤 것은 지글지글 거리는 태양을 담아와 환하게 빛나고 있다. 너무나 익어버려 색이 진갈색으로 바래어 고개를 숙이다 못해 태양을 삼켜 늙어 버린 모습으로 넘어져 있다.

내 나이 오십이 넘어 조금 우울증이 오고 있다. 삼켜버리고 싶은 것들도 많고 내뱉고 싶은 것들도 많지만 참아야 한다. 누구든 혹여 우울증 증상이 보이면 이 그림을 그려보라고 이야기하고 싶다. 아주 멋진 당신만의 그림이 탄생할 것이다. 혹시 당신의 천재적인 화가의 재능을 발견할지도 모르니까. 이 해바라기처럼 나도 그림 하나 잘 그렸다 하는 자존감을 일깨울 수 있을 것이다. 이렇게 우울증이 오거든 한 번쯤은 따라 그려볼만 하다.

미술 수업 시간에도 난 아이들에게 꼭 이 해바라기를 그려보라 한다. 그림이 잘 안되는 아이들, 자기 의도대로 잘 그려지지 않는 아이들도 이상스럽게 이 해바라기를 따라 그리면 멋진 그림들이 탄생한다. 놀랍게도 말이다. 아이들은 아주 흡족해하며 자신이 그린 그림 중에서 가장 잘 그린 그림이 되었다고 좋아한다. 자신이 실력이 있는 화가가 된 듯 말이다. 그래서 명화이겠지.

당시 고흐는 해바라기를 그리면서 열정적인 화가로서의 가득 찬 희망을 보였고, 이때 그린 작품은 다 연작으로 그중 한 작품은 반 고흐에게 '태양의 화가'라는 이름을 남겨주었다. 강렬한 색채와 두꺼운 붓 터치로 인한 질감 표현이 특징인 고흐의 해바라기 중 12송이가 화병에 꽂혀 있는 그림이 가장 인상적이다. 고흐가 개인적으로 좋아한 해바라기의 노란색은 그의 다른 그림에서도 많이 볼 수 있다.

〈별이 빛나는 밤에〉는 유난히 별빛이 많은 밤이다. 아주 어릴 적 밤하늘에 이렇게 많은 별들을 보고는 처음인 것 같다. 낮 동안 뜨거웠던 태양 빛도 가려지고 밤하늘에 수놓아진 별이 빛나는 밤이 되었다. 나의 가슴을 적시듯 눈이 부시다. 멀리 보이는 교회는 내 어릴 적 언젠가 친구를 따라 가 보았던 교회 같기도 하다. 또 더 멀리 있는 달은 내가 힘들 때마다 소원을 빌었던, 어스름한 저녁 길을 혼자 쓸쓸하게 걸으면 나를 위로해 주며 용기를 주었던 내 등불 같기도 하다. 언덕 위를 달리는 구름들을 보면 '빈센트-돈 맥클린(Vincent-Don McLean)'의 감미로운 노랫소리가 스멀스멀 내 귀를 간지르며 들려온다. 이 그림은 고흐가 고갱과 다툰 후 귀를 자르고 생레미의 요양원에 있을 때 그린 그림이다.

"별은 알 수 없이 빛나고 있지만 저 맑음 속에는 얼마나 많은 고통들을 숨기고 있는지, 고통스런 것들은 저마다 빛을 뿜어대고 있다. 심장처럼 파닥거리는 별빛을 너에게도 보여주고 싶다."라고 동생인 테오에게 보낸 편지처럼 정신병원 창 너머의 상 레미의 시가와 별이 깔린 하늘을 보면서 그는 많이 외로웠을 것이다.

겹겹이 소용돌이로 겹치는 수풀 속의 동네, 별빛이 역동스럽게 빛나는 모습을 표현한 기법은 자신을 지키려는 강한 의지를 보여주기도 한다. 자살하기 1년 전쯤 그린 그림이지만 너무나 아름답다.

아를르의 노란색 집에서 살면서 자신의 화실을 노란색 해바라기로 가득 꾸미기를 원했던 그는 37세의 젊은 나이로 안타깝게 인생을 마감했다. 불멸의 화가치고는 너무도 암울한 삶을 살아온 불행한 사람이었다. 그렇기에 그는 그림을 그린 시간이 삶의 전부였을 지도 모른다. 희망이었고 행복의 시간이었을 것이다.

자신의 불행을 그림으로 승화시킨 고흐는 가끔 우울한 나의 삶에 용기를 주는 희망의 화가이다.

가끔 우울하고 힘겨운 날이 있다. 그러나 그런 날도 아이들하고 미술 수업을 하고 있으면 그 우울함이 싹 가신다. 언제 그랬던 것처럼 펄펄 힘이 난다. 열대야가 극성을 부리는 여름날 땀을 비오듯 쏟아 내며 그리던 작품들과 손발이 시리도록 추운 겨울날 목장갑을 끼며 그렸던 작품들이 더 멋지다.

우리에게 전해오는 많은 명화들이 있다. 그들의 작품은 자신의 영혼을 불사른 작품들이기 때문에 명작이라 불린 그 명작을 한 편씩 감상하다 보면 정말 환상적으로 아름답다. 예술가들의 열정적인 혼魂이 보이기 때문에 마음을 정화시키고 좋은 느낌을 안고 오는 것이 아닐까 한다.

앙드레 말로는 "예술은 근대의 종교이며 박물관은 그 사원이다." 라고 말한 적 있다. 그만큼 예술은 언젠가부터 현대인의 문화생활에 많은 일부를 차지하고 있기 때문일 것이다. 우리에게 그림의 존재는 마음을, 정신적인 세계를 순화시키는 정서의 한 마당으로 자리 잡고 있다.

비록 불행한 삶을 살다 간 그의 발자취이지만 그의 그림의 세계를 동경한다. 불멸의 화가라는 명칭이 부럽다. 불타는 예술혼을 남긴 화가, 자신만의 세계를 꿈꾸는 태양을 닮은 화가. 정열적이고 열정적인 이글거리는 해바라기의 세계를 나는 존경한다.

그리고 '당신의 우울증은 무효, 그리고 당신 삶의 희망이 유효로 변합니다.'라고 속삭여 준다. 혹여 당신도 영혼이 지치거든 고흐 그림 앞에 서 보길 바란다. 지쳤던 당신 삶과 영혼이 행복으로 가득 넘칠 것이다.

모네의 정원에서

여름 방학 특강으로 그림책 수업을 했는데 『모네의 정원』이라는 책으로 수업을 했다. 인상파 화가의 시대적 흐름을 이야기해 주고, 평소에 좋아하는 화가이기에 아이들에게 알려 주고 싶은 마음에 이 책을 선택했다. 아이들은 글이 많다는 이유로 투정이 많았던 그림책 수업이었다.

〈모네의 수련〉 이야기를 해 주며 많은 그림들을 보여 주었으나 아이들을 그다지 그림에 관심을 보이지 않았다. 막바지에 선생님도 수련을 그렸다면서 예전에 '경향미술대전'에서 입상한 수련 그림을 보여 주었다. 아이들은 그제서야 관심을 갖기 시작하면서 '우와' 하는 탄성을 지른다.

『모네의 정원』에 나오는 많은 이야기들로 수업을 진행하고 나니 모네의 이야기가 더 알고 싶어졌다.

클로르 모네는 '빛의 화가'로 불리는 대표적인 인상주의 화가이다. 1860년대 파리의 미술가들이 주도하기 시작한 인상주의는 19세기 후반 프랑스에서 전통적이고 주류적인 예술 스타일에 대한 거부로 시작되었다.

화가들은 그들의 감정과 인상을 실험적으로 표현하기도 했나고 한다. 인상주의 그림들은 빛에 의해서만 표현하는 기법이어서 그리다 말았다는 느낌이 강해 모네의 그림도 처음에는 좋은 반응을 받지 못했다. 1874년 모네의 그림 중 〈인상, 해돋이〉라는 작품을 보고 어느 비평가는 그의 그림을 보고 '그리다 말았다'는 표현 등으로 비평을 해 그 단어가 사조가 되었다고 한다.

그는 빛과 함께 시시각각으로 움직이는 색채 변화 속의 자연을 묘사하고, 색채나 색조의 순간적인 효과를 이용하여 눈에 보이는 색에서 오는 느낌을 그대로 표현했다. 바다가 파란색이라면 빛에 반사되어 하얗게 보이는데, 그렇게 비추는 짧은 순간을 묘사하기가 쉽지는 않았다. 그럼에도 그는 같은 장소에서 빛에 따라 달라지는 대상을 묘사했다. 그러다 보니 한 가지 장소를 빛의 방향에 따라 다르게 그린 연작 그림들이 많다. 사람들은 한 장소를 똑같이 여러 장 그리는 모네를 이상하다고 생각했다.

모네는 수련을 소재로 한 작품을 많이 그렸다. 모네가 그린 수련은 두 송이가 그려진 그림인데, 어찌 보면 얼룩 자국처럼 보이고 물감을 그냥 덕지덕지 칠한 것으로 밖에 보이지 않는다고 한다. 그러나 이 그림을 멀리서 보면 수련이 연못에 떠 있는 진짜 수련처럼 보이는 참 신기한 그림이라고 한다. 지베르니는 "연못의 수련을 그린 것은 원래 꽃을 대상으로 그린 것이 아니라, 물이라는 속성이 빛을 반사시키고 보이는 것을 표현하는데 가장 이상적이고 어떠한 색들이 나타나는지 가장 효과적"이기 때문에 수련을 그렸다고 한다.

그 시대의 다른 화가들은 대부분 그의 그림들을 보고 미완성으로 보인다며 비평을 많이 쏟아 내기도 했지만, 폴 세잔(Paul Cézanne)은 빛의 변화에 민감하게 반응하는 모네의 능력에 감탄하면서 '모네는 신의 눈을 가진 유일한 인간'이라는 유명한 말을 남기기도 했다고 한다.

모네는 어릴 적 화가가 꿈이었으나 부모님은 자신들이 운영하는 식료품 가게를 그가 돕기를 바랐다. 다들 그렇지만 그 시대의 화가들은 무척이나 가난했다. 다행히 화가인 고모가 모네가 파리에 가서 그림 공부를 하게 도와 주었다고 한다.

모네는 카미유라는 여자와 결혼을 하고 가정을 이루었지만, 경제적 상황은 나아지지 않았다. 모네의 그림을 사주던 부자 지인 두 명이 파산을 맞으면서 떠나 버린데다, 지인 아내의 다섯 아이와 뱃속의 아기까지 돌봐야 하는 상황이 되어버렸다. 자신의 아이들까지 여덟 명의 아이를 키워야 했지만 형편이 너무 어려운 상황이었다. 더 큰 불행이 닥친 것은 아내인 카미유가 결핵을 앓다 죽게 되었고, 그의 아들 또한 건강이 나빠져 죽고 말았다. 모네는 절망뿐인 상황이지만 지인의 아내와 아이들의 생계를 책임질 수밖에 없었다. 아무리 어쩔 수 없는 상황이라도 파산하고 버리고 간 지인의 아내와 아이들까지 거둔다는 것은 참으로 힘든 상황이었을 것이다. 요즘 같아서 있을 수 없는 일들이다.

그들은 형편상 파리에 더 이상 머무를 수 없어 시골 별장에 머물렀다. 별장에 머물면서 그린 그림이 몇 점 팔려 좀 더 나은 집을 구하려 다니는 중 그는 지베르니 마을의 분홍색 집을 발견하고, 그 집에 세를 들어 살았다.

지베르니 마을의 분홍색 집은 그에게 행운을 가져다 주었다. 나중에 그 집을 매입할 만큼 그림은 유명해졌고, 모네는 죽을 때까지 그 집에 살았다. 그곳이 지금 그 유명한 〈모네의 정원〉이다. 해마다 50만 명의 사람들이 찾아가는 명소가 되었다 한다.

모네는 그 집에 살며 제일 먼저 정원부터 가꾸기 시작했다. 그는 꽃을 엄청 좋아해서 많은 꽃을 심었다. 모네는 정원을 참으로 좋아했고 식물에도 관심이 많았다. 그는 식물에 관한 책을 써서 출판하고 개양귀비와 들양귀비 교배에 성공을 하여 새로운 품종의 양귀비를 탄생시켰는데 그 양귀비의 학명은 '파파베르 모네티'라고 한다. 그런 이유로 모네는 양귀비 그림도 많이 그렸다. 그중 양산을 든 여인과 아이들이 산책하고 있는 〈양귀비 들판〉이란 작품이 있다. 이 그림에서도 꽃을 양귀비처럼 묘사했지만 사실 양귀비처럼 보이지 않는다. 빠른 붓질로 표현한 것들이 모여서 양귀비처럼 보인다는 것이다. 그는 연꽃을 하나 하나 자세하게 그리지는 않았지만 그림의 하나 하나가 모여서 연꽃처럼 보이는 마술 같은 그림이 되었다.

모네의 가족들은 모두 그림 그리는 것을 좋아했다. 마을 사람들은 모네 가족들이 그림을 그리는 것이 직업이 될 수 있을까 하며 이상한 눈으로 보기도 했다고 한다. 온 가족이 점심을 한 끼 먹으려고 양산과 도시락 바구니를 들고 멀리 나가곤 했다고 하니 말이다. 내가 보기는 아주 낭만적인 삶을 살았던 것 같다. 더구나 지인 부인인 알리스와 모네는 결혼도 하지 않고 살고 있었으니 참으로 묘한 집안이기도 했다. 알리스는 파산을 맞고 떠나버린 지인의 아내였고, 그 당시에는 아무도 이혼을 하지 않았다고 한다. 몇 년 뒤 지인이 죽고 나자 둘은 결혼을 할 수 있다고 하니 죽어야만 새로운 사람과 살 수 있는 시대였다.

이후 모네의 그림이 유명해지면서 멀리 미국에서도 그의 그림을 사기 위해 사람들이 찾아왔지만, 모든 화가가 그렇듯이 모네 역시 자신의 그림들을 팔거나 멀리 보내는 것을 고통스러워했다고 한다. 화가들이 그림을 남에게 보낼 때는 딸을 시집보낸다는 표현을 많이 쓴다. 그만큼 자신이 그린 그림이 아까워 남을 주지 못하는 경우가 대다수이다. 그래서 같은 화가들끼리는 절대 다른 이의 그림을 달라고 하지 않는다. 남의 그림을 달라 하거나 그림을 그냥 가져가는 것은 예의가 아니다. 그만한 대가를 지불해도 그림을 보내는 일은 고통스러운 것이다.

모네는 인상주의 창시자였다. 그의 작품 〈인상, 해돋이〉 이름을 따왔기 때문이다. 모네 작품이 인상주의라는 급진적인 새로운 세계를 개척한 셈이다. 그 당시 모네의 혁명적인 발상은 시각적인 현실을 환기하고 탐구하는 수단으로 삼았기 때문에 첫 인상파라는 조롱에도 꿋꿋하게 흔들리지 않고 작품의 세계를 밀고 나갔다.

그의 그림에서 가장 유명한 그림들은 역시나 수련이다. 그가 사망하기 전까지 그렸던 수련이 250여 종이나 된다. 인상주의 그림은 빛에서 오는 것을 중요시하는 그림들이다. 매번 달라지는 빛의 효과를 그려야 하기 때문에 빛이 나오는 시간에 맞춰 작업을 해야 하는데, 햇빛에 장시간 노출되다 보니 그의 눈은 치명적인 손상을 입게 된다.

말년에 그가 사물의 경계가 흐릿하고 뿌옇게 그리는 현상을 추상적으로 그렸다고 이야기를 했지만 사실 그 이유는 백내장 때문이었다. 사물이 뿌옇게 보이거나 눈부심이 심해지는 현상은 빛을 잘 통과하지 못하는 백내장의 특성이라고 한다. 백내장으로 시야가 흐렸기 때문에 그런 그림들을 그릴 수밖에 없었다고 한다. 그는 그런 와중에도 수많은 그림을 그렸다. 수련 외에 유명한 그림으로 〈건초더미〉, 〈일본식 다리〉, 〈루앙대성당〉, 〈산책〉 등 다수 있다.

요즘 그림을 다시 그리기 시작했다. 7년 만에 붓을 잡고 그림을 그려 보았다. 그동안 그림을 안 그렸던 속 깊은 이야기는 묻어 두고 붓질을 시작했다. 멋지게 그려졌다. 늘 다니는 출근길의 모습을 그렸는데 실력은 줄지 않았다. 30년 동안 열어 보지 않았던 화구 박스 속에 굳어져 간 붓들. 그리고 20센티나 되는 기름이 기름통에서 엉겨 붙어 있었다. 수건을 몇 개 버려가며 닦아 내다 버리고 싶은 마음이 들었으나 다시 사려니 비용이 많이 들었다.

기름통을 닦아 내고, 붓을 빨아서 붓질을 하는 내 모습을 보며 갑자기 많은 생각들이 들기 시작했다. 내가 그림을 그리는 사람인지, 옷을 만드는 사람인지⋯ 한동안 옷 만들기에 빠져 붓을 놓았나? 아니면 붓이 싫어 옷 만들기를 시작했나? 많은 생각들에 한숨이 깊어졌다. 어쨌거나 계기가 되어 다시 시작한 붓질⋯

트라우마에 빠져 하던 일을 멈추었던 지난 시간들이 문득 아깝다는 생각이 들었다. 생계를 위해 마지못해 그림을 그리는 사람들의 옛날 시절과는 다르다. 하지만 결국 그림을 가르치면서 생계를 잇고 있는 나도 다를 바는 없지 않나 하는 생각이 들었다.

아이들에게 그림책 수업으로 클로드 모네의 이야기를 해주면서 '나는 그동안 무엇을 했을까?' 하는 생각이 막연하게 들었다. 유명한 화가가 된 것도 아니고 디자인을 하다, 유화를 하다, 수채화를 하다, 미인도를 하다, 그리고 한국화를 하다 시간을 허비한 나. '아니지. 그 많은 다양한 그림들을 그렸기에 이렇게 아이들을 수업할 수 있어'라고 합리화를 시켜가며 나를 토닥거렸다.

클로드 모네! 그는 이렇게 말했다.

"나의 정원에는 내가 평생 추구하던 물과 빛과 색이 있네. 내가 그토록 여행하고 야외로 나갔던 이유이기도 하지. 하지만 이제 그럴 필요가 없네. 나의 정원에 다 있으니."

나도 나만의 정원을 가꾸며 살아야겠다는 생각이 들었다. 클로드 모네처럼 나만의 생각으로 열심히 그림을 그리다 보면 유명해지려나? 코로나19가 벗어나면 꼭 나도 모네의 정원을 방문하고 싶다.

＊도움 받은 책 : 크리스티나 비외르크, 『모네의 정원에서』, 미래사, 2014.

美의 가치

우연히 예전에 알게 되었던 분을 오랜만에 만났다. 거의 십여 년 만인 것 같다. 그분의 도움을 받은 적도 있고 해서 난 반갑게 그분을 맞았다. 그런데 그분이 "아고, 서 선생 예전에 그렇게 예뻤는데 많이 늙었네… 어휴."라고 말한다.

'헉, 이게 뭔 말인가?'

"아예 세월을 거스를 수가 있나요? 이렇게 세월 가는 거죠 뭐. 그래도 아직까지는 제 나이로 안 봐요."

그렇게 대답을 하고 돌아섰지만 기분이 썩 좋지는 않았다. 거의 십 년 만에 보니 그럴 수도 있겠다 싶었지만, 저분은 아마도 여성들한테는 결코 인기 없을 것이라며 나를 위로하였다. 집에 들어와 거울을 보며 '뭐야, 내가 볼 때는 그대로구만.' 하고 말았지만 내심 신경이 쓰였다.

모임에서도 자꾸 어떤 분이 나를 할머니라 칭한다. '이런 젠장,

할머니들을 다 어디 가셨나?' 나에게 올해 유난히 늙음에 대해 이야기하니 자꾸 화가 나서, 그런 이야기하지 말라고 했다. 어차피 사람은 누구나 다 늙어 가는 거라고 쏘아붙였으나 참 어이가 없었다. 이래저래 조금 속상한 마음에 친구에게 전화를 해서 위로나 받을 상이었다.

"야, 오랜만에 뵌 그분은 어찌 나한테 늙었다는 소리를 그렇게 쉽게 한다니? 그것도 여자한테. 조금 속상하다. 다른 사람들이 날 보고 하나도 안 변했다 하는데, 더구나 방부제 먹냐고 하면서 그대로라고 하는데 어떻게 그런 말을 할 수가 있어?" 하면서 푸념을 늘어놓았다.

그런데 그 친구가 "방부제 같은 소리 하고 있다. 야! 여자 나이 50 넘으면 다 거기서 거기야" 하면서 더 염장을 지르고 만다. 친구와 급기야 싸우고 전화를 확 끊어 버렸다. 그래도 속상함이 가시지 않아 아들한테 사진을 보내면서 '엄마가 요즘 많이 늙은 거 같아 속상해. 아들 엄마가 그렇게 많이 늙어 버렸어?' 하니 '아니 엄마 누가 그래? 엄마 아직 젊어. 그리고 충분히 예뻐요. 그리고 엄마 나이로 안 보니 너무 속상해하지 말아요.' 한다. 그 말을 들으니 갑자기 울컥 눈물이 나왔다. 요즘 갱년기를 맞으면서 조그마한 말에도 섭섭하고 속이 상한다. 그리고 눈물이 많아졌다.

여성들에게 '늙었구나', '살쪘구나' 하는 말들은 결코 해서는 안

되는 말이다. 세월이 흘러 사람이 늙지 않을 수는 없다. 사람이 살아가면서 늙는 것은 당연한 것이고 그걸 긍정적으로 받아들여야 하는 것 또한 건강한 삶일 것이다.

그러나 늘 '아름답다', '멋있다', '예쁘다'는 소리를 듣고 살아와서 그런지 내 자신이 그 말들에 대해 당연하다고 생각하며 살아왔다. 단순히 시각적으로 보는 것으로 그치지 않고 나를 나의 모습으로 바라봐 주는 것이라고 믿어 왔고, 그 아름다움이 결코 겉으로 보는 것만이 아니라는 것을 생각하며 살아왔었다.

그렇게 나의 삶의 기준은 아름답고 예쁜 것에 중점을 두고, 나를 꾸미고 가꾸는 일이 우선시 되었다. 그리고 그 가치를 상대로부터 인정받을 때 가장 행복하고, 그것이 나의 삶의 기준이 되어버렸다.

그런데 그 한마디가 이렇게 슬픈 일인지… 아무리 나를 달래려 해도 위로가 되지 않았다. 나름대로 나를 가꾸고 사는 것이 낙인 나의 자존감마저 급격히 떨어트리고 회의에 빠지게 했다. 그 사람은 그냥 던진 말일지도 모르는데도 나는 왜 이렇게 슬픈 것일까? 그것도 갑자기… 정말 내가 늙어버린 것일까? 다시 거울을 보고 생전 관심 두지 않았던 리프팅, 세럼, 탄력 크림 등의 화장품들을 검색해 보았다. 그 많던 마스크 팩도 한번 해 본 적 없고 선물을 받아도 다 안 쓰고 버리기 일쑤였다. 그런데 주섬주섬 마스크 팩도 꺼내 보고 관리를 해야 하나 고민스러웠다. "엄마 관리해야 해. 엄마 서울에 와서 주름 관리도 하고 리프팅도 하고 보톡스도 맞아야 한다."던 딸이 말이 떠올랐다. 그동안 난 너무 자만했나? 나를 너무 믿었나? 참내, 그냥 생긴 대로 살고 세월대로 살면 되지. 왜 그 한마디에 내가 이렇게 신경이 곤두서는지 모르겠다. 마음이 어지러웠다. 어떤 것이 옳은 삶인지 모르겠다.

문득 마크 퀸의 〈임신한 앨리슨 래퍼〉의 작품이 생각난다. 작품의 주인공인 앨리슨 래퍼가 자신의 외모를 비관해서 살았다면 결코 성공한 삶을 살지 못했을 것이다. 외모 지상주의자는 아니지만 외모에 대해 이야기하지 말라 하고 싶다. 그녀의 삶에 비하면 늙음은 아무것도 아니다라는 생각이 들었다.

앨리슨 래퍼는 불구임에도 너무나 자랑스럽고 멋지게 인생을 살았다. 그녀는 1965년 영국에서 해표지증이라는 병을 갖고 태어난 구족화가로, 태어나자마자 부모에게서 버려진다. 복지시설에서 자란 그는 22살에 결혼을 했지만 파경을 맞는다. 힘든 상황에서도 불구하고 그는 어릴 적부터 관심이 많았던 미술을 시작하며 화가로서 인생을 시작한다. 파란만장한 삶을 살아가던 그녀는 어느 날 밀로의 비너스를 보고 자신의 모습과 비슷하다 생각을 하면서 삶의 희망을 갖기 시작한다. 그리고 불구의 몸으로 브라이턴 보스턴 대학에서 수석 졸업을 한다.

그녀의 삶이 얼마나 고통스러웠을지, 얼마나 힘겨운 싸움을 하면서 이겨냈을지 우리는 상상할 수 있다. 그런 상황에서도 그는 아이를 갖고 싶어 했다. 여러 번 유산한 끝에 아들을 낳아 미혼모로 당당하게 아들을 키우며 성공한다. 그렇게 탄생한 마크 퀸의 〈임신한 앨리슨 래퍼〉의 동상은 영국의 트리팔가 광장에 세워져 있다.

처음에 그곳에 동상을 세웠을 때만 해도 혐오스러운 질책의 말들이 많았다고 한다. 그러나 이제는 전 세계적의 많은 사람들은 그의 동상을 보고 너무 아름답다고 이야기한다. 겉으로 보는 모습은 두 팔이 없고 임신한 상태의 모습으로 예쁘지 않다. 그런데 사람들은 왜 그녀의 동상을 두고 아름답다 하는 것인가?

그녀는 "나도 이렇게 사는데 나약하게 굴지 마."라고 이야기하고 있다. 현실에서 나약한 정신에 갈팡질팡하는 이들에게 당당히 그녀는 말한다. "당신이 힘들면 나를 보세요." 육체적으로 온전하지 못한 그녀를 많은 사람들은 칭찬한다. 상대의 겉모습으로 그녀의 모든 것을 안다고 이야기하지 말자고 이야기하고 싶다. 사람은 어떠한 모습이든지 가치가 있는 존재이다. 세월의 흐름을 따라 늙는 것은 자연스런 일이다. 연륜 또한 아름다운 가치다.

보통 여자들은 자신의 젊은 날을 남편에게 그리고 자식들에게 바치고 살아간다. 대부분의 우리 어머니들은 자신의 외모를 가꾸고 관리할 시간이 없었다. 자식들이 다 크고 떠나간 후, 자신의 모습을 돌아보며 속상해하지만 이미 그때는 시간이 많이 지나간 후이다. 그렇다고 그 시간들을 후회하거나 꾸미지 못한 것에 슬퍼하지는 않는다. 그저 아름답게 살았노라, 최선을 다해 살았노라 하며 인생을 정리하는 것이다. 우리의 어머니들의 늙음에 후회하지 않은 것처럼, 나 또한 내가 늙어감에 후회하지 않고 애써 나를 인공적으로 되돌리려고 하지 않았다. 늙어 가는 일을 슬픈 일이라고 말하는 이들에게 '당신은 아름다움이 무엇인지 모르는군요. 늙음에도 가치는 있는 것입니다.' 하고 당당하게 말해 줄 것이다.

공존의 이유

상대가 갑자기 나를 멀리하는 느낌이 들 때, 너무 힘들다는 표현을 많이 하면서 나를 만나주지 않을 때는 그 사람의 손을 가끔 놔주기도 하자. 나이가 들수록 더 멋을 내고 더 우아하게 밥을 먹자. 단어 하나라도 더 멋지게 쓰고 더 어린 후배들을 배려하자. 더 많이 씻고 더 많이 향수를 뿌리자. 늙는다는 것은 자칫 초라하고 우울하게 보일 수 있다. 힘들수록 더 한껏 멋을 내고 더 당당하게 거리를 활보하자. 기력이 주저앉아 힘들어질 때도 기죽지 말고 더 당당한 모습으로 보여주자. 나도 아직은 열정이 남아 있다고 오히려 내 기를 나누어 주듯이 행동하자. 그리고 절대 우울한 모습을 보여주지 말자.

주름 개선 화장품이며 별의별 기능성 화장품으로 일부 사람들은 젊어지려고 난리를 치고 있다. 더 예뻐지려고 안간힘을 쓰는 세상. 성형 수술은 기본, 보톡스 시술은 이미 젊은이들 사이에서 흔한 것이 되었다. 보기만 해도 그냥 예쁜 20대, 30대들도 난리다. 더 예쁘게 보이려고 코, 눈 수술은 당연시 되가고 있다.

늙는 일이 당연하다 생각하지 말자. 당연히 생각하지 말고 가꾸자. 덜 늙기 위해 노력하고 운동도 젊은이들보다 더 열심히 하고, 활기찬 생활을 하자. 세상살이가 힘들다 생각하면 옷을 더 화려하게 입고 액세서리를 더 많이 주렁주렁 달자.

가끔은 "힘들어요, 나 힘들어요." 외칠 필요도 없다. 더 감추고 싶으면 감추고 더 꼭꼭 숨겨서, 비록 위선일지라도 그들에게 당당하게 밝은 모습을 내보이고 싶어진다. 나의 힘들고 기 빠진 모습들이 혹여 내 주위 사람들의 기력조차 뺏을까 봐 힘들지만 더 힘을 낸다. 더 예쁜 모습으로 활기를 나눠 갖고 싶기 때문이다. 사람이 살아가면서 왜 힘들지 않을까. 각자 자신만의 힘겨움에 고통을 호소하며 나름 이겨내는 법을 익히며 세상을 견디며 살고 있다.

난 나의 우울한 모습, 슬픈 모습을 남에게 보이고 싶지 않다. 슬프고 힘겨울 때 나만이 홀로 찾는 곳이 있다. 인적이 드문 그 바닷가에 가서 다 토해놓고 오곤 한다. 내가 힘들고 내가 외롭다고 남을 힘들게 하고 싶지 않기 때문이다. 나의 하소연, 나의 외로움들도 그들에게 때론 빚이 된다.

잘 아는 선배가 있었다. 그 선배는 남편과 관계가 그리 썩 좋지 않았다. 거의 매일 나에게 전화를 해서 상담을 한다. 정말 바람을 피웠을까? 정말 여자가 있는 걸까? 정말, 정말… 그 선배의 의문점은 끝이 없다. 줄줄줄… 생각의 가지가 자라고 또 자라서 이야기하고 또 이야기하고, 머릿골이 아플 만큼 우리 집 문지방을 드나들었다.

난 그 당시는 거절하는 법을 배우지 못했다. 하루 종일 피곤한 나를 붙들고 2시간이고 3시간이고 끝도 없고, 해답도 없는 하소연을 나에게 늘어놓았으니 말이다. 그렇다고 어떠한 결말을 내는 것도 아니고 나의 조언이나 충고를 귀담아듣는 것도 아니었다. 결국 자신이 생각하고 자신이 결정을 내리고 마는, 그리고 다시 되짚어 또 이야기하고 또 의문을 갖고 또 푸념을 했다. 다시는 그 선배를 보고 싶지 않았다. 시간도 정해져 있지 않았다. 새벽이고 낮이고 밤이고 하루 내내 나는 그의 하소연을 들어야만 하는 귀일 뿐이었다.

너무 힘들고 지쳐서 큰맘 먹고 이야기해야겠다고 맘먹은 어느 날 나는 갑자기 이사를 가게 되었다. 지금도 가끔 시외전화로 그녀의 목소리를 들으면 머리가 지끈거린다. 휴~ 생각하기 싫다. 다시 만나기도 싫다.

내겐 그런 일들이 비일비재했다. 일 년이면 한 건씩 그런 친구를 만나게 된다. 하루 종일 죽치고 제집인 양 가지 않는 질긴 친구들을 난 거절하지 못하고 끙끙댔다. 어느 날부터 문을 잠그기 시작했다. 전화를 받지 않기 시작했다. 그러기를 십 여 년, 언젠가부터 그녀들의 존재가 사라지기 시작했다. 그리고 새로운 전화번호와 늘 잠겨 있는 우리 집을 인식시켰다. 세상에 나 같은 사람이 있을까? 그래, 그래. 나한테 문제가 있다고 생각했다.

그래 거절하는 법을 배우자. 나도 힘들 때가 있다고 당당히 이야기 하자. 그리고 사람과의 관계를 배우기 시작했다. 거절할 줄 아는 내가 되어 가고 있다.

사람과의 관계에서 너무 내 것을 다 주지 말자. 내 것을 적당히 주고 적당히 받아 가며, 마지막에 손을 내밀어 보자.

조병화 님의 詩, 「공존의 이유」를 가장 좋아한다.

깊이 사귀지 마세.

작별이 잦은 우리들의 생애,

가벼운 정도로 사귀세.

악수가 서로 짐이 되면

작별을 하세.

어려운 말로 이야기하지 않기로 하세.

너만이라든지,

우리들만이라든지,

이것은 비밀일세라든지 같은 말들을

하지 않기로 하세.

내가 너를 생각하는 깊이를

보일 수가 없기 때문

… (이하 생략)…

처음에는 이 시가 너무 잔인하다고 생각했다. 그러나 요즘에는 시를 현관문 앞에 붙여 놓고 매일 한 번씩 읽고 나간다. 보면 볼수록 얼마나 현명한 詩인지, 읽으면 읽을수록 얼마나 지혜로운 시인지. 성경 말씀에도 "이웃집이라고 너무 자주 드나들지 마라, 질려서 너를 미워하게 될 것이다."라는 말이 있다.

알맞게 표현된 말은 은쟁반에 담긴 황금 사과와 같다고 했다. 처음에는 섭섭할지라도 서로 적당한 거리를 두며 사는 사람들의 세계가 더 현명할 것이다. 우리나라 여자들은 죽고 못 사는 사이가 되면 시장이든 목욕탕이든 화장실이든 어디든 붙어 다닌다. 외국 사람들이 우리나라 여자들이 화장실을 떼 지어 가는 것을 보고 너무 놀랐다고 하지 않던가. 그러고는 조금 서운하면 토라져서 그 사람에 대한 험담을 늘어놓기 바쁘다.

저 詩처럼 '잔인하다' 하며 산 세월이 나도 있다. 평행선으로 살아가는 것이 슬픈 것 같지만, 우리 이웃이나 사랑하는 사람, 가까운 친구들과의 관계에서 평행선으로 살아가는 것이 가장 오래가고 좋은 관계를 유지하는 길이다. 그 평행선을 긋고 살다 보니 잃어버린 친구들도 꽤 있다. 그리고 참 좋아했던 사람도 놓친 적이 있다. 그러나 그 지난 시간을 생각하면 그렇게 큰 후회는 하지 않는다. 적당히 사는 것이 얼마나 아름다운 것인지, 얼마나 현명한지 알아가는 나이기 때문이다. 다행히 우리 부모님은 나에게 어린 나이부터 적당히 자제를 할 수 있는 현명함을 남겨 주셨다. 그래서 사람에 대한 미련이나 슬픔은 그리 많지 않다. 사람에 대한 힘든 것은 금방 털고 일어날 수 있는 지혜가 자꾸 쌓아지기 때문이다.

언젠가 친구가 이런 말을 했다.

"넌 아주 이기적이라고, 상대가 널 좋아하게 만들어 놓고 싫다고 도망가는 나쁜 이기적인 사람이라고…."

그 말을 들으니 슬펐다. 내가 이기적인가? 내가 나쁜가? 하고 생각해 보면 사실 우울해지기도 했다. '순간의 아픔이 서로의 영원한 부담과 힘겨움보다 낫다' 하며 위로를 했지만 마음이 아프기는 사실이다.

늘 내 곁에는 사람들이 많다. 그러나 가끔 그들이 너무 힘겨울 때가 있다. 늘 미소를 짓지만 나도 힘겹고 혼자만의 시간을 즐기고 싶을 때가 있다. 그러나 그 틈이 여간해서 생기지 않아 곤혹스러운 적이 많이 있다. 연애할 때에도 나는 여러 명의 친구를 달고 다녔다. 그래서 제발 단둘이 만나보자 했던 그 사람의 소원을 난 결국 못 들어 주었다. 그래 삐쳐서 가버리기도 했다. 또 자꾸 사랑이란 단어로 나를 확인하려 하고 옭아매려고 했다. 난 사랑하는데 더 사랑하라고 하고, 자꾸 확인하려고 했다. 숨이 막혔다. 나의 사랑은 변함이 없는데 조바심을 내며 내게 달려오는 그 사람에게 난 스트레스가 생기기 시작했다.

"너한테는 보이지 않는 유리막이 있어. 다가가다 보면 '턱' 하고 걸리는 유리막이 있어."

도대체 무슨 유리막? 도무지 알 수 없는 소리였다. 결국 그런 이유로 그 사람과 헤어졌다.

친구들도 그런 이유로 많이 가버렸다. 난 가만히 있는데 그들은 내게 막 달려오다 내가 쳐버린 유리벽에 부딪쳐 나가떨어져 버린다는 것이다. 그들에게 싫다고 표현한 적도 없고, 어디를 가자 해도 거절한 적도 없고, 그들을 미워한 적도 없는데, 울며불며 쪽지나 편지를 주며 '나는 너를 좋아하는데, 왜 너는 나를 안 좋아하느냐'고 하니 환장할 노릇이다. 나 때문에 아프다는 것이다. 초등 시절이며 중·고등 시절이며, 나를 들들 볶아대던 동성 친구들이 다들 대학을 가면서 또는 직장을 가고 또는 일찍 결혼을 하며 뿔뿔이 흩어지면서 잠잠해졌다.

결혼을 해서도 이웃이고 많은 사람들이 우리 집을 수없이 드나들었다. 속초에 이사 와서도 많은 손님을 치르느라 한 달에 쌀을 60킬로 먹었다. 힘겨웠다.

사춘기의 아이들은 엄마 친구고 아빠 친구들이고 우리 집을 방문하는 사람들을 자제시켜 달라고 하소연했다. 지금도 우리 아이들은 집에 누가 방문하는 것을 너무 싫어한다. 이상스럽게 우리 집에 놀러 오면 꼭 낮이고 밤이고 드러누워 자고 간다. 친구 내외건 동생 내외건 놀러 와서 이곳저곳 구경하고 잠깐 우리 집에 들려 드러누워 버린다. 여자들은 '빨리 바닷가라도 가자'고 하고 남자들은 '잠깐만, 잠깐만' 하다가 그냥 하루를 버리면서 부부싸움을 하다가 여자가 먼저 가버린 경우도 있다.

한번은 그렇게 친분이 있지도 않던 선배가 집을 나와 오갈 데 없다고 무작정 찾아와 우리 집에서 3개월을 지낸 적이 있다. 서울서 남편이 내려오고 난리를 부리고 우리 아이들은 징징대고. 미안하다며 가라는 이야기를 하는데 3개월이 걸렸다.

지금 생각하니 어릴 적도 우리 집은 늘 친척들이 번갈아 살곤 했다. 삼촌, 이모, 사촌 언니들 등등. 그렇게 우리 집 식구가 아닌 다른 사람들과 같이 살았다. 또 우리 집은 부침과 먹을 것이 많았다. 그래서 그런지 동네 사람들로 늘 북적거렸고 그 사람들이 돌아가는 손은 거의 빈손이 없었다. 동네에서 가장 많이 김장을 하는 우리 집이었다. 김장을 못 하는 사람들에게 나눠주기 위해서였다.

어릴 적 이웃에 아주 가난한 친구가 있었는데 우리 엄마는 그 집을 거의 먹여 살리다시피 했었다. 내 또래 친구였는데 점심도 우리 집에서 거의 먹다시피 한 것도 기억이 난다. 엄마는 그 집에 쌀이며 김치며 나눠주고 심지어는 돈도 수시로 빌려줬었다. 그러다우리 집이 힘들어지고 가난한 그 친구 집이 갑자기 잘살게 되었다. 어느날 엄마가 나를 데리고 그 집에 간 적이 있었다. 아마도 우리가 형편이 어려워 그 집에 돈을 빌리러 간 것은 아니었나, 어린 마음에 생각했었다. 당연히 거절을 당한 것 같았다. 엄마의 그 쓸쓸했던 표정을 난 기억한다. 나중에 알게 되었지만 엄마가 돈을 빌리러 간 것이 아니라 빌려 간 돈을 받으러 간 것이었다. 그러나 결국그들의 모습은 그 이후로 본 적이 없다.

그런 일을 겪은 어린 난 무엇을 생각하며 컸을까? 난 어렸지만무언가 남에게 주면 돌려받지 못한다고 알고 컸을까? 주는 것에 익숙한 나에게 왜 많은 사람들은 늘 받기만 바랄까? 그리고는 날보고유리막이네 어쩌네 하며 살았던 그 사람들이 난 지금 생각하면 너무 싫다. 그런 생각들이 가득 차올라 난 언젠가부터 사람들을 기피하며 나름 방어전을 치며 살아왔는지 모른다. 거절하는 법을 배우면서 아프게 말이다.

그나저나 우리 애들 혼사며 다른 잔치를 치를 때 정말 사람이 없어서 이거 친목계라고 들어야 하는 거 아닌가 하는 걱정이 요즘은 많이 든다. 내 주위에 그렇게 아는 사람은 많아도 정작 내가 손을 내밀 때 과연 몇이나 와서 그런 잔치를 치러줄지 많이 걱정된다.

그렇게 잘했는데도 나한테 유리막이 있다고 하니 혹여 나한테 무슨 문제가 있나 싶어 성격을 바꾸어 볼까 생각도 해보았다. 하지만 나를 진국이라 하는 오래된 친구들과 아는 친구들이 낯이 남아 있기는 하다. 진정한 친구들 몇 명이라 해도 조용히 잔치를 치르면 되지 하는 마음으로 위로를 하고 살지만, 내심 이제부터라도 친목계를 많이 들어놔야 하는 것은 아닌가 생각을 한다.

그래도 어쩌겠는가. 내 집을 자기 집 드나들듯이, 나를 자기의 핏줄인 양, 연인인 양, 분신인 양 생각하는 그 고마운 마음이 부담이 되는 것을. 너무 내게는 힘겨움이 되는 것을 어찌하겠는가. 야속하다 하지만 친구의 마음처럼 이기적인 마음이 될지라도 난 적당한 것이 좋다고 이야기 하고 싶은 것을….

그러거나 말거나 난 공존의 이유처럼 앞으로 사람들을 만날 것이다. 짧은 만남으로 깊은 상처를 받는 것보다 긴 만남으로 상처를 덜 받고 치유하며 살아가고 싶은 이기적인 마음이다.

"깊이 사귀지 마세. 작별이 잦은 우리들의 생애 가벼울 정도로 사귀세."

슬프지만 가장 멋진 시이다.

(갈뫼 40호)

퍼스널 스페이스(Personal Space)

오래된 부부를 보면 "어, 둘이 닮았네." 하는 이야기를 많이 하곤 한다. 오랜 시간 동안 같은 생활에 길들여지다 보니 그렇게 겉모습이 닮아 간다고 한다. 같이 다니던 오래된 친구들도 보면 왠지 겉모습이 닮은 것 같기도 하고 그 행동들이 비슷비슷하다. 그렇게 오랜 세월을 같이 한 사람은 닮아 가는가 보다.

그러나 아무리 친한 부부 사이든지 친한 친구이든지 하더라도 최소한 내 것과 남의 것을 구별할 줄 알아야 상대와 트러블이 생기지 않는다. 너무 친하다 보니 내 것도 내 것, 니 것도 내 것이라는 우스운 말이 돌기도 한다. 세상 사는 이치는 아무리 친해도 분명히 해야 할 것들이 있다. 부부라도 서로의 예의를 지키며 살아야 할 것들이 있고 친구들과의 관계에서는 더더욱 그렇다.

남의 것을 내 것으로 보는 사람들에게서 친했던 친구나 지인이 원수가 되는 경우를 종종 볼 수가 있다. 화장실 갈 때도 붙어 다니고 늘 매일 다니던 단짝이 어느 날 원수가 되어 서로를 헐뜯고 있다. 그러다 화해를 하면 얼마나 낯부끄럽고 그동안의 잘잘못들이 창피스러운지… 많은 사람들이 그런 경험을 하며 살기도 한다.

배려를 주제로 한 EBS와 인성교육범국민 실천연합이 공동 제작한 프로를 시청한 적이 있다. 우리는 '옷이 그게 뭐야?', '다 너 잘되라고 하는 얘기야', '넌 항상 그러더라.'라며 가끔 상대를 위한다고 충고하듯 이야기한다. 이런 말과 행동은 상대방에게 불편함과 상처를 준다는 것이다.

사람과의 거리, 자신만의 일정한 공간을 침범받지 않으려는 우리는 보이지 않게 무의식적인 경계를 치면서 살아간다. 즉 심리학적 용어로 '퍼스널 스페이스'라고 한다. 모든 사람은 관계에서 상대가 감정을 무시하고 불쑥 내 생각과 자신의 생각이 같다고 생각할 때 감정이 요동친다. 그러한 상황에서 우리는 불쾌함이라는 감정을 갖는다. 어떤 의도였든 우리는 상대가 선을 넘는다고 생각할 것이다. 이럴 때 모든 사람은 무의식적으로 자신만의 공간을 확보하며 '이게 뭐지?' 한다.

전철 안에서 낯선 이가 다가오면 멈칫 뒤로 물러나거나, 엘리베이터에서 많은 사람을 마주할 때도 최대한 거리를 두려고 몸을 웅크리기도 한다. 어릴 적 친구와 싸워 화가 나면 책상에 선을 그으며 넘어오지 말라고 경고했던 흔한 기억, 내가 말하려는 순서에 끼어드는 행위에 마음이 언짢았던 기억들은 모두가 한 번씩 경험한 행동일 것이다.

문화 인류학자인 에드워드 홀은 "퍼스널 스페이스는 단순히 물리적인 거리를 의미하지 않는다. 마음의 거리"라고 이야기한다.

같은 공간에 있으면서도 뭔지 모르지만 불쾌함이 느껴지는 말 한마디, 그리고 보이지 않게 나를 무시하는 듯한 미묘한 태도, 나를 위하는 척 다가오려는 거리들이 퍼스널 스페이스를 침범하는 것들이라고 이야기하고 싶다. 서로를 위한 배려일수록 거리를 두고, 존중할수록 상대방과의 거리를 지켜줘야 한다.

나는 나의 영역에 침범하는 것들에 대해 불쾌함을 느끼는 감정이 남들보다 크다. 말이나, 행동이나, 물건이나, 사람이나 생활의 영역 모든 것에…. 그런 만큼 배려에 대해 많이 생각하고 배려하려 애쓴다. 그러나 일상생활에서 많은 사람들을 만나고 부딪치고 친해지다 보면 가끔 선을 넘는 사람을 만나게 된다.

엄청 자신과 친한 척, 소위 말하는 오지랖쟁이들처럼 참견질에 위아래 모르고 충고를 아끼지 않는 사람들에게 많이 지친 적이 있다. 가끔은 내가 손해 보더라도 양보하는 미덕 그리고 덜 갖는 양보는 정해진 사람에게만 있는 것일까?

내 나이 50이 넘어서야 세상 보는 눈이 밝아지고 세상 살아가는 법을 배우고 있다. 너무 나이가 들어서 말이다. 약지 못해서 늘 상처받고, 주고도 속상하고, 내 것을 많이도 뺏기고, 사람과의 관계에서도 유난히 상처를 많이 받는다.

예전에 친구가 '너는 좀 사람을 가려서 사귀라'고 했다. 상처를 주고 나중에 사과하면 다 받아주고 다시 어울리고 그런다고. 사람 좀 가려 사귀라는데 난 그게 그리 힘들다. 마음이 약한 것인지 바보인지는 모르겠다. 그저 사람은 다 단점이 있다고 생각하고 다 포용하려고 노력하는 편이다.

그래서 그런지 결국 나중에 배신을 당하고 그 사람의 내심을 알고 나서 속상해 하면 언니들이 그런다.

"내가 그랬지. 넌 내 말을 안 들어서 그런 거야. 그녀를 만나면 너 상처받는다고 그랬지. 어울리지 말라고 했지."

그러나 난 그것이 안 된다.

오래전부터 친하게 지내오던 친구가 하나 있었다. 그 친구는 이상하게 나만 만나면 내가 가진 것에 대한 부러움을 이야기한다. 나보다 경제적인 면에서 월등하고 외모나 모든 것이 나와 비교할 만큼은 아닌데 늘 그렇게 내 것을 부러워했다. 난 그 친구가 이해가 가지 않았다.

친구가 농담으로 '그럼 너의 삶과 나의 삶을 바꿔 달라 기도할래' 했을 때, 난 선뜻 대답하지는 못했다. 나는 그녀가 가진 삶을 부러워하지 않았다. 나는 내 키가 남들보다 상당히 작아도 살면서 그리 불편함을 느낀다거나 나보다 큰 키를 부러워하며 산적이 한 번도 없기 때문이다. 그것은 내가 큰 키를 좋아하지 않는 아담 형을 좋아했던 이유이기도 했다.

그녀는 자칭 '오리 궁둥이'라고 하는 콤플렉스가 있었다. 그러나 늘 고민이라고 하며 내 앞에서 일부러 엉덩이를 실룩, 실룩거리면서 자랑하기도 했다. 그럴 때마다 나는 '그래 좋겠다.' 할 뿐 '너의 그 몸매가 너무 부럽다.' 이렇게 이야기한 적은 한 번도 없었다. 그런데 그 친구는 나의 높은 코가 부러워, 너의 큰 눈이 부러워, 너의 그림 그리는 재주가 부러워 등등 만나면 그런 이야기를 늘어놓으며 부러움을 이야기한다. 그럴 때마다 '넌 다른 장점을 가졌잖아, 나보다 훨씬 부자고 더 늘씬하고 잘생긴 남편도 있잖아' 하고 말했다.

그러나 그런 것들은 그녀에게 위로가 되지 않았다. 심지어 나보다 더 큰 평수에 살면서도 우리 집 방향에 대해서도 부러워했다. 그리고는 가끔 나의 퍼스널 페이스를 침범해 나를 아프게 하고 슬프게 하였다. 그래도 나는 그 친구를 버리지 못했다.

그런데 그 친구가 종교적인 이야기로 나를 비판한 적이 있다. 나는 그 친구와 연락을 끊어버렸다. 오랜 시간이 지나 다시 만났을 때 그 친구는 자기의 잘못을 인정하며 용서를 빌었다. 다시 새로운 만남이 되었지만 그녀와의 만남은 예전 같지 않았고 그녀의 행동은 여전했다. 그리고는 어느 날 연락도 없이 타 지역으로 떠나버렸다. 많이 속상하고 마음이 상했지만 그럴만한 사정이 있었겠지 하고 그 이유에 대해 묻지 않았다.

나는 사람을 사귀면 그리 친근하게 다가가지 못한다. 내 피붙이처럼 닭살스럽게 가까이하지도 못하고, 아무리 친해도 화장실에 같이 가지 못한다. 그렇다고 내 친동생이나 부모에게도 살갑게 대하는 것도 아니다. 살아가면서 그런 태도 때문에 오해를 받아 가끔 내가 잘못되었나 하는 생각을 하며 고민한 적도 있다. 고치려 노력해 보았지만 쉽사리 되지 않았다. 그것은 내 성격이고 태어날 때부터 부모님이 주신 나의 성향이기 때문이다. 그리고 나의 그런 성향이 싫지 않았기 때문에 그렇게 살아왔다.

그러나 요즘 자꾸만 사람들에게서 상처를 받는 횟수가 잦아지고, 나이가 들어서인지 나를 반성하게 된다. 좀 더 닫아 놓은 나의 공간을 확장시키려 노력하는 중이다.

그래도 모두가 자신만의 생각으로 상대의 영역을 함부로 침범하지 않았음 하는 것이 나의 바람이다. 조금만 더 내 마음처럼 상대를 배려할 수 있다면 그리고 상대의 퍼스널 스페이스를 조금만 더 존중해 준다면 우리의 미래는 더 밝아지지 않을까 생각한다. 그 상대의 무의식 공간을 침범하지 말고 조금만 더 존중해 주자. 자신들의 퍼스널스 페이스도 있으니 말이다.

(갈뫼 45호)

청개구리

　우리가 다 아는 흔한 청개구리 이야기가 있다. 엄마 말을 너무나도 안 듣는 아들 때문에 고민하던 중 병을 앓아 죽음을 앞둔 엄마 개구리가 고민에 쌓였다. 자신이 죽은 후 아들에게 산에다 묻어 달라고 하면 분명히 냇가에 묻을 것이 뻔해 엄마 개구리는 아들에게 '내가 죽거들랑 나를 냇가에 묻어 달라'고 했다. 그런데 이 아들이 엄마의 마지막 말을 잘 들어 엄마를 냇가에 묻고, 장마 때 엄마 무덤이 떠내려갈까 비가 오면 그렇게 서글피 운다는 내용이다.

　이 이야기는 삼십이 넘은 어른이면 다 아는 이야기일 것이다. 아니, 초등교과서에 실린 내용이니 아마도 초등학생 이상은 다 알 것이다. 그런데 요즘 아이들은 어쩜 그리 부모 말을 안 듣는지 청개구리를 능가한다.

　어떤 부모이든 내 자식이 잘되기를 바라기에 다 좋은 말로 가르치지 않을까 한다. 요즘은 사회의 부적응 현상에서 일어나는 범죄들이 너무 많다. 그런 모든 행위들이 다 부모 말을 안 듣고 자라서 아닌가 하는 생각이 들었다. 부모 말을 안 들으면 세상에서 가장 큰 벌을 내려서라도 말을 잘 듣는 아이들로 키웠으면 하는 마음이다.

'부모 말을 잘 들으면 자다가도 떡이 나온다'고 아버지로부터 어릴 적 귀에 못이 박히도록 들었다. 그랬기에 나는 결혼하기 전까지는 아버지의 말씀, 즉 부모 말씀을 조금도, 아니 거역한 기억이 없는 모범생이었다.

그러나 수업을 다니면서 느끼는 것이지만 정말 요즘 아이들은 부모는커녕 어른들의 말을 아주 우습게 생각하고, 오히려 자기 친구처럼 놀려먹기 일쑤이다. 거기다 더해 어른 알기를 아주 우습게 아는 아이들이 허다하다. 어쩌면 독단적이고 편파적 보호 본능으로 아이들을 키우는 부모들의 양육방식 때문일 것이다.

그렇다고 모든 아이들이 다 그렇다는 것은 아니다. 정말 예의 바르고 참 잘 자란 아이들도 많다. 어른들도 말을 듣지 않는 경우가 허다한데 아이들만 뭐라 할 것은 아닐지도 모른다.

오래전 속초에 큰 장마로 엄청난 피해를 입은 적이 있었다. 루사라고 하는 태풍이 몰고 온 비 피해는 어마어마했다. 비가 얼마나 내리는지 저녁이 될 무렵, 바퀴가 도로에 잠길 정도였다. 속초 시내는 온통 비상 상태였고 학교도 휴교령이 내려졌다.

내가 사는 동네는 청대산 자락을 담고 있는 도로 안쪽의 아파트였다. 어마하게 퍼붓는 빗소리와 우르르 쾅 하는 굉음과 함께 청대산 밑 도로로 토사가 내려와 길이 막혀 버렸다. 흘러내린 흙더미로 거리가 사라져 버렸다. 자원봉사자들과 경찰들이 수신호를 하고 도로는 바리게이트를 쳐 진입을 못하게 팻말과 현수막을 붙였다.

밤이 늦어지자 도로가 폐쇄된 줄 모르고 길에 들어선 운전자들은 당황하며 우회하여 빠져나갔다. 동네 자원봉사자들은 더 이상의 피해를 막기 위해 형광봉을 들고 길을 막아야 했다.

그러나 그런 상황에서 다른 사람의 말을 무시하는 사람들이 있다. 상황을 눈으로 보면서도 왜 길을 막아서냐며 무시하고 지나가다 결국 차가 빠져 나오지 못하는 경우가 있었다. 자원봉사자 여러 명이 그런 몇몇 사람들과의 실랑이에 통제를 포기하고 귀가를 해 버렸다.

급기야 몇몇 차들의 발동 소리가 커지고 부릉부릉 액셀을 거칠게 밟아댄다. 액셀을 수없이 밟아대며 여러 사람이 달라붙어 밀어도 결국 차는 멈추어 서고 말았다. 그러게 왜 거기를 들어가냐고 소리를 지르며 멀리서 자원봉사자가 달려왔다. 도와주다 비에 흠뻑 온몸이 다 젖고 힘은 힘대로 빠지지, 신경질이 난 모양이다.

차가 빠져 속상한데 낯선 이한테 꾸지람까지 들으니 처음에는 같이 열 받아 싸우다가, 시끄럽다는 아파트 주민의 소리에 차를 두고 맥없이 걸어 나오는 사람들, 그렇게 몇몇 대 차가 또 빠지고 말았다. 그 광경을 보면서 나도 처음에는 '어쩨, 어쩨' 베란다 밖으로 소리를 질러 줄까 했지만 벌써 위층에서 그 광경을 보고 고래고래 소리를 지른다.

그곳에 빠진 차들을 세어보았다. 고급 차가 두어 대, 중형차가 한 대. 그 당시 고물이 다 되어 가는 나의 애마를 생각하며 난 안타까워하며 그 고급 승용차를 바라볼 수밖에 없었다.

하나둘씩 사람들의 모습도 자취를 감추고 자정이 넘어가 새벽이 되어갈 무렵, 또다시 시끄러운 소음을 내며 자동차 한 대가 진입을 한다. 오지랖 넓은 위층 집 아저씨는 "안 된다고! 들어가지 마, 들어가지 마." 고래고래 고함치는 소리에 나도 잠이 깨어 내다보는데, 가관이다. 새벽까지 몇몇 사람들이 지키며 길을 막고 있는데도 욕지거리를 하면서 그곳을 빠져나가려는 차 한 대와 실랑이 하는 소리가 점점 시끄럽게 아파트단지를 초토화시켜 버렸다.

'아니 여기 팻말이 있지 않느냐, 들어가지 말아라.' '저기 차들이 저렇게 빠져 있다. 위험하다.'고 말리는데도 가로막는 자원봉사자를 밀치고 들어가 버렸다. 모든 바리케이드를 밀어버리고 돌진! 드디어 수렁에 빠진 차 한 대가 추가되었다. 그리고는 차가 빠져갈 수가 없자 있는 욕, 없는 욕을 해대며 보험회사에 전화를 건다. 자기 차가 빠졌으니 나오라 하고, 아마 그쪽에서 폭우 속이라 못 온다 하며 실랑이를 벌이고 있는 것 같았다. 조금 후에 시끄럽게 레커차가 와서 멀리 차를 대놓고 고객과 싸우기 시작했다. 우리는 책임을 질 수 없다, 들어가지 말라고 경고 해놓은 곳에 고객이 들어갔다며. 그 상황은 차주가 진 것으로 일단락이 되었다.

그들은 왜 말을 듣지 않는 것일까? 분명 차가 빠질 상황이니 들어가지 말라고 했고 바리케이드도 쳐 놨고 현수막도 걸어 놨다. 그런데 그런 것들을 다 무시하고 쳐 놓은 바리케이드도 손수 내려서 밀어 버리고 이중으로 쳐 놓은 줄을 올려놓고 그곳으로 들어갔다. 눈 앞의 상황을 보고도 자신은 할 수 있다는 자만감일까? 자신은 안 그럴 것이라는 자신감일까? 그런 것은 무슨 심보인지 무슨 마음인지는 모르겠다.

또 한 번은 민방위 훈련에 각 동 통장들이 나와서 거리의 차 진입을 막았다. 나도 그날 모르고 나가 7번 국도 진입하는 입구에서 걸리고 말았다. 수업에 늦을 것 같아 급한 마음도 있었지만, 우리 동 통장님이 애써 거리를 막고 봉을 흔들고 있기에, 아니 상황이 훈련이다 보니 참고 기다릴 수밖에 없어 기다리고 있었다. 그러나 이를 모르는 내 뒤로 서 있는 차들이 왜 안 가냐며 빵빵거리며 난리를 쳐대다가, 앞의 상황을 보고서야 '아' 하면서 기다려 주었다. 그런데 세 번째쯤에 있던 차가 난리 벼락을 치는 것이다. 왜 안가냐며 소리소리를 지르고 심지어 차에서 내려 나에게 와서 뭐라 야단까지 하는 것이다. 앞의 상황을 보라고 나도 신경질을 내면서 대꾸를 하니 그래도 나가라고 한다. 그러자 앞에선 통장님이 와서 지금 훈련 중이니 못 나간다, 몇 분이며 되니 기다리라고 했다. 그러자 "네가 경찰도 아니면서 왜 길을 막냐고?" 하면서 통장의 말도 무시하고 차로 중앙선을 넘어 큰 도로로 휙 나가 버렸다. 결국 1킬로미터도 못 가서 경찰에 붙잡혔다. 왜 그러냐고 속으로 욕을 하면서 고개가 절로 저어졌다.

이렇듯 우리가 살다 보면 그럴만한 상황이 있는데도 상대방 사정은 들어보지도 않고 막무가내 몰아치는 사람들이 있다. 한 번쯤 상대의 상황이 어떤지 여부도 안 들어보고 자신만 옳다고 우기는 경우가 허다하다.

많은 사람들이 그 길을 가지 않을 때는 분명 이유가 있는 것이다. 자기만의 생각, 자신만의 욕심을 부리는 이기적인 생각들이 낳은 남을 배려하지 않는 수많은 실수들이 비일비재하다. 나와 다른 이와 더불어 이롭게 사는 사람으로 의식이 이어져야 하는데 자신만 생각하는 사람의 의식은 성장하는 것이 아니라 점점 퇴보하고 있는 것이다.

에릭 호프만의 『이타적 인간의 뇌』에서 보면 저자는 에고 중심의 좌뇌가 우뇌를 통제하기 때문에 현재의 이기적인 모습이 나타난다고 주장하며, 좌우 반구의 균형 회복을 주문하고 있다.

시대가 점점 발전함에 따라 우리는 서로를 경계하며 짓밟으며 이기려는 태세로 돌격하고 있다. 그로 인한 인간의 모습은 점점 이기적이고 사악한 모습으로 변해가고 있다.

다행스럽게도 우리의 노력 여하에 따라 뇌는 바뀐다고 한다. 우리의 뇌 중 좌뇌는 수리, 탐구, 계산, 논리적인 기능을 담당한다. 우뇌는 예술, 직관, 창조성을 좌우한다. 전두엽은 사리판단, 옳고 그름을 판단하는 능력, 즉 도덕적인 것과 아닌 것을 구별하는 기능을 가지고 있다. 그러므로 이런 이기적인 에고 중심의 우리의 뇌를 균형 있게 발전시키면 된다고 한다. 그러나 이미 다 커버린 어른들의 뇌를 어떻게 발전시켜야 할까? 그 방법은 무엇일까?

우리의 뇌 중 좌뇌 우뇌의 균형을 이루도록 도와주고 뇌의 제어센터인 전두엽을 활성화시키는 것이라고 한다. 그래서 전두엽이 더 많은 에너지로 활성화되도록 노력해야 한다. 에고를 억눌러서 좌뇌의 활동이 감소하게 하여 우뇌의 활동을 증가시켜 타인을 생각하는 새로운 의식으로 회복되도록 해야 한다.

사회의 작용이나 남을 배려하는 마음을 갖고 감정 표현을 좀 더 긍정적으로 하게 하고 도덕적인 양심이 커지도록 의식을 고치고, 그에 관련된 교육을 지속시켜야 한다.

세상은 점차 이기적으로 변해가고 있다. 아이들은 하루 종일 인터넷 게임과 이제는 핸드폰 속으로 빠져들어 가고 있다. 유튜브를 보는 시간이 늘어가고 어른들이 쓰는 용어와 행동들을 따라 하는 것에 익숙하다. 점점 사회는 더 무섭게 변해가고 있다. 그리고 방임되고 있다.

모임에 가기 위해 주차장을 올라가고 있는데 나오는 차와 마주쳤다. 거기는 나오고 들어가는 길이 매우 좁다. 그래서 한쪽 길에서 마주할 때 어느 쪽이든 양보하지 않으면 서로 나오기가 힘들다. 나도 나오는 차를 보고 양보를 하고 싶었으나 뒤에서 올라오는 차가 많아 뒤로 물러나기는 어려운 처지였다. 그래서 방법을 찾고 있는데 마침 주차 자리가 비어 있기에 주차를 하며 비켜주려 했다. 그러나 주차하기는 앞 공간이 너무 비좁아 나오는 차를 보고 후진을 해달라고 요구했으나 받아들여지지 않았다. 몇 번의 요구에 의해 겨우 임시 주차를 하고 나오는데 뒤차가 나를 앞질러 가면서 아주 험악한 인상을 하면서 차 안에서 육두문자를 거침없이 내뱉는 모습이 보였다. 그것도 잠깐이 아니기에 나는 그 모습을 보고 너무 불쾌해서 도대체 내가 무슨 잘못인지 이야기하려고 내려서 그 차를 기다렸다. 그런데 그 차는 서지 않고 휙 빠르게 달려가 버렸다.

하루 종일 기분이 좋지 않고 마음이 너무 슬펐다. 자신을 제어하지 못한 미흡함, 그리고 상대를 생각하지 않는 이기심인 강한 에고

가 넘치는 것이다.

어쩌면 지금 이 시대에 가장 시급한 것들은 타인과 자신과의 행복을 같이 염려하는 삶, 이질적인 개인의 삶보다 같이하며 나누는 삶을 연구하는 것이 가장 우선으로 풀어야 할 숙제일지도 모른다.

자신만 생각하는 이기적인 가치관이 달라져야 한다.

오늘도 나는 긴 거리 운전을 하고 오고 있었다. 멀리 백 미터쯤 공사를 하는 팻말이 보였고 좁혀진 도로를 막는 아저씨 한 분이 연신 길이 없다고 깃발을 좌우로 흔들어 대며 교통 정리를 하고 있다. 길게 줄지어 선 차량들 뒤로 자신이 잘난 양 기어코 그 길을 혼자 신나게 차량 한 대가 달린다. 아무도 들어서지 않는 그 길에 분명 이유가 있다는 걸 인식할 상황인데도, 줄지어 선 차량들 뒷줄에 서지 않고 달리다 구슬땀을 흘리며 깃발을 연신 흔들어 대는 아저씨 앞에서 급정차를 하고 만다. 그런 경험을 많이 해서인지 아저씨는 당황한 모습도 없이 무표정한 침묵으로 연신 깃발을 좌우로 흔들어 대고 있다. 급정거한 그 운전자는 줄지어 선 행렬에 끼워달라고 좌측 깜빡이를 깜빡깜빡거리고 있다. 운전자들은 그 차를 안 끼워 줄 양으로 차 간의 거리를 더 서서히 좁혀 온다.

쯧쯧… 순간적으로 나는 갈등을 한다. 그러다 '에라, 이 청개구리야. 아나 먼저 가라, 개… 청개구리야' 하고 비켜 주었다. 그리고 언제고 연신 깃발을 흔들어 대는 그 아저씨에게 꼭 한마디 하고 싶었다. 다음에 아저씨 코앞에 바싹 급정거를 하는 운전자가 있거들랑 맛있는 꿀밤 한 대 먹여주라고….

(갈뫼 45호)

그랬구나,

순식간에 일어난 일이다. 수업 중 1학년 명훈이가 막 고함을 치면서 우는 것이다. 깜짝 놀라 무슨 일인지 달려가 보니 3학년 지석이 형아가 때렸단다. 왜 때렸냐고 물으니 지석이는 아차 하는 모습으로 매우 당황해 한다. 둘을 불러내어 왜 그랬냐고 하니 서로 먼저 말을 하려고 하는 통에 도저히 알아들을 수가 없었다. 1학년 아이는 내가 안 그랬다고 하면서 울기만 하고 3학년 아이는 난감한 표정으로 서 있다.

"뚝! 그만 울어" 하고 야단을 쳤다.

"선생님이 무슨 일인지 알아야 해결을 해 주지. 조용히 하고 한 사람씩 차근히 이야기해. 그렇지 않으면 둘 다 혼날 거야. 명훈이부터 이야기해 봐."

"제가요, 노란색 크레파스가 없어서 수영이한테 빌려 달라고 했는데 없다고 하는 거예요. 분명 있는데 안 빌려줘서 제가 수영이한테 치사하다고 했더니 시한이 형아가 자기한테 했다고 하는 거예요. 그래서 아니라고 했는데 자기를 보면서 그랬다고 하는 거예요. 그리고는 그 옆에 있던 지석이 형아가 너 3학년한테 대들면 안 된다고 나쁜 놈이라고 해서 제가 '형아가 뭔데 참견해' 했는데 때렸어요."

"도대체 뭐야! 너희들 다 나와. 조용히 잠수타고 있는 너희 둘 다 나오라고. 뭐가 이렇게 복잡하니? 그럼 원래 명훈이 하고 수영이 일이네?"

"예."

"근데 너희 3학년이 왜 참견을 해서 명훈이를 울리는 거야?"

"아니 명훈이가 저보고 치사하다고 한 줄 알고…"

"그럼 지석이 넌 왜 참견을 했는데? 응" 갑자기 조용해졌다.

"이 녀석들이… 그리고 너 수영이! 왜 크레파스를 안 빌려주는 거야. 그건 네 것이 아니고 학교 거라 다 같이 쓰는 거야. 여기서 없으면 저기서 빌려주고. 수영이 너 왜 안 빌려줬어?"

"제가 쓰고 있는 거라서."

"그럼, 다 쓰고 빌려줄게 하면 되지, 왜 안 줬어?"

"죄송해요."

"아니 명훈이한테 사과해."

"명훈아 미안해."

"아니 괜찮아. 치사하다고 말해서 미안해."

"그럼 수영이는 들어가."

"다음 너 시한이. 넌 너한테 안 그랬는데 왜 너한테 했다고 그랬어?"

"음, 전 저한테 한 줄 알고…"

"명훈이한테 사과해."

"미안해, 명훈아."

"알았어, 형아. 다음부터는 그러지 마."

"응."

"그다음 너, 지석이 왜 때렸어?"

"3학년인데 막 대들고 그러니까."

"너한테 대들었어? 뭐? 너는 고작 1년 차이 나는데 대들었다고 때리고. 선생님이랑은 사십 년이 넘게 차이 나는데 막 대들고 말도 안 들으면서. 그럼 선생님은 너희들 엄청 때려야겠네?"

"우와, 선생님 그럼 나이가 그렇게 많아요? 우와 서른 살인 줄 알았는데, 그럼 오십 살이 넘어요? 우리 할머니랑 같아요."

"시끄러워, 지금 그 이야기가 아니잖아. 너도 명훈이 한데 사과해."

"명훈아, 미안해."

"알았어. 다음부터 그러지 마."

"알았어."

아이들을 하나하나 불러 설명을 해가며 다시는 그러지 않았으면 좋겠다고 그 마음들을 다독여 주었다. 순간에 아수라장이 된 수업 시간이 종료가 되었다. 맥이 빠졌다. 머리가 질끈 아팠다. 어린아이들도 저렇게 억울함을 견디지 못하고 울고불고하는데…

수업 정리를 하고 집으로 돌아오는 길에 많은 생각들이 스쳐 지나갔다. 몇 년 전부터 있었던 힘든 일들이 생각나 속상해서 눈물이 나왔다. 그때 그 사람들은 나에게 왜 그랬을까? 이 생각 저 생각으로 운전하고 오는 내내 펑펑 울었다. 오늘 내가 약자인 아이의 그 마음을 헤아려 주지 않고 야단만 쳤다면 그 아이는 나를 원망하며 선생님은 아무것도 모르면서 하고 마음이 상했을지 모른다.

문득 TV에서 본 '그랬구나' 게임이 생각났다. 서로 상대에게 불편함, 속상함을 이야기하면 아무런 토도 달지 않고 '그랬구나' 하는 게임이었다. '그랬구나' 게임은 상대가 어떤 서운한 말을 해도 '그랬구나' 하는 거다.

"어머님 때문에 너무 속상했어요."

"아니, 내가 뭘 어쨌다구?"

"아니요, 그냥 '그랬구나' 하는 게임이라구요."

"어머니, 왜 그렇게 저에게 잔소리를 하세요? 전 너무 힘들어요."

"그랬구나, 다 너를 위해서 …"

"아니, 어머니 그냥 그랬구나 하는 거예요."

"그래, 그랬구나."

"어멈아, 나는 네가 엄마 말을 너무 안 듣고 네 멋대로 해서 많이 속상하다."

"그랬군요."

이렇게 서로 서운함에 '그랬구나'만 하는 게임이었다.

누군가가 속상하다고 하소연을 하면 그저 우리는 '그랬구나.' 하면 될 텐데 그렇지 못한 경우가 많다. 대부분의 남편이나 아들에게 누군가와 트러블에 속상함을 하소연하면 누가 잘못했고 왜 거기를 가서 그 소리를 듣느냐, 쓸데없이 돌아다니니 그런 소리나 듣고, 그럴 시간 있으면 잠이나 자라는 등… 그래서 남편은 남의 편이라고도 하지 않던가?

나도 이번에 아들 녀석한테 그랬다가 속만 더 상한 적이 있었다. 위로는커녕 변호사처럼 잘잘못만 따지며 속을 더 뒤집어 놓았다. 본전도 못 찾고 아들이 내 편이 아닌 것에 더 속상함만 느끼게 되었다. 아들이 더 미웠다. 다시는 어떠한 말도 안 하리라 다짐했다.

그냥 야속해서 속상한 맘을 말하고 싶었다. 누가 잘못했다 그것을 따져 주라고 한 것은 아니었다. 그런 마음을 이해해 주기를 바란 마음, 내 마음이 아프니 그냥 위로받기 위함에 터놓은 것인데 자기가 더 열을 내서 잘잘못을 가려 준다. 그 사람의 속상함을 들어주는 것이 아니라 불난 집에 부채질을 하는 것이다. 그러다 그

섭섭함에 또다시 그와 싸움도 하게 된다.

나도 사실 아들 녀석에게 뭐라고 하고 싶었지만 꾹욱 참았다. 싸우기 싫어서였다. 분명 그렇게 말하면 '나는 그게 아니고 엄마가 속상해하니 자기가 속상해서 그런 것이다.'라고 말할 것이다. 그러면 나는 '왜 너는 엄마 편이 아니고 그들 편이냐?' 하면서 싸움을 했을 것이다.

나는 요즘 작은 일에도 점점 마음이 서운해진다. 결코 나의 마음을 아프게 하려고 일부러 그런 것은 아니었을 텐데 자꾸 마음에 뿔이 생긴다. 톡 쏘아붙여 한마디 던지고 싶지만, 다시 되돌아올 독가시가 가슴에 더 깊숙이 꽂힐까 봐 속으로 꾹꾹 눌러 참고 있다. 그런 시간들이 잦아지고 있다. 그냥 눈물이 주룩 흘러내린다. 많이 섭섭하다. 누군가로 인해 무엇이든 힘들었다면 그 하나만으로도 견디기 힘들다. 그냥 그 자체로도 얼마나 힘겨운지도 모른다.

우리는 늘 그렇다. 어떤 일로 속상해하는 이는 잘잘못을 따져 달라고, 심판을 내려달라고 이야기를 꺼낸 것이 결코 아니다. 그런데 더러 가까운 사람들은 너를 사랑하기 때문에 혹은 너를 위해서 하는 말이라고 하면서 충고 아닌 충고로 독침을 쏘아댄다. 슬픈 이한테는 충고나 질책 따위는 필요 없다. 설사 그가 잘못을 더 많이 했다 하더라도 묵묵히 '슬펐겠구나, 힘들었겠구나.' 그저 등을 두어 번 토닥토닥거려 주면 다 끝나는 일이다. 실제로 많은 연구에서도 문제를 객관적으로 해결하는 도구적인 도움보다도 힘든 마음을 알아주고 이해해 주는 정서적 지지가 스트레스와 부정적인 감정을 해소하는데 더 좋은 효과를 준다고 밝혔다.

우리의 관계에서는 아무리 가까운 사이라도 서로 넘지 말아야 할 선들이 분명 있다. 그런데 가끔 사람들은 친하다는 이유로, 도와준다는 핑계로 슬슬 선을 넘으며 그 사람의 마음을 통제하기 시작한다. 그리고는 많은 것을 도와준 것처럼 너를 위해서라고 하면서 쉽게 타인의 삶을 침범하는 경우를 볼 수 있다. 일본의 최고 심리카운슬러 오노코로 신페이는 '너를 위해서'라고 말하는 경우는 실제로 대부분 자신을 위해서 하는 말과 행동이라고 지적한다.

우리는 자신을 힘들게 하는 사람뿐만 아니라 한없이 잘해주는 사람에게조차도 답답함을 느낄 때가 있다고 한다. 이는 관계 거리 조절을 실패했을 때라고 한다. 관계 조절, 서로 간의 적절한 선, 예의, 말조심 정말 필요한 것들이다. 그러나 우리는 그런 것들을 늘 잊고 산다. 정확한 상황 파악 그리고 이유 정도는 알고 하는 대화가 필요하다. 그리고 침묵과 기다림은 그 상대에게 아주 소중함으로 남을 것이다.

우리 주변에는 간혹 경우 없이 나에게 무례하게 구는 사람들이 더러 있다. 자신의 권위를 내세워 나에게 보이고 싶은 이도 종종 있다. 그것이 직장의 갑질이든, 물질의 갑질이든, 지식의 갑질이든,

연배의 갑질이든, 각양각색의 갑질로 나를 공격한다.

준비되지 않는 나에게 구는 그 무례함은 나에게 깊은 상처를 주고 자존감까지 마구 뒤흔들어 놓는다. 처음에는 저 사람이 왜 저럴까? 왜 그렇게 무례했을까? 아무리 이해하려고 해도 이해할 수 없었다. 그 사람들을 생각해 보면 너무 이해가 안 가 따지고 싶지만 반복되는 상황이 이어지고 잦아지다 보니 문득 내가 문제가 있는 것은 아닐까? 자책하고 속상해 했었다.

그들이 원망스럽고 내 맘도 모르면서 왜 그러냐고 같이 해대고 싶었지만 어쩔 수 없는 상황에 꾹꾹 눌러 참았다. 그러다 보니 참는 것이 마음의 깊숙한 곳까지 병이 되고 상처로 아물지 않았다. 그 당시에는 참고 참았다 집에 돌아와 꼭 잠이 들 무렵에 열 받고 속상하고 괴씸하고 '그냥 싸울 걸 그랬어.' 하는 후회가 밀려왔다. 수없이 밤을 꼴딱 새운 적도 많다. 바보같이 내가 내 병을 키우고 말았다. 그러다 보니 거기에 걸려 있는 사람들이 그물망처럼 나를 올가미에 갇히게 하고 말았다.

삭혀지지 않은 괴로움이 괴로움을 업고 겹겹이 쌓이면서 나의 병은 커가기만 했다. 여러 가지 방법을 찾아 고민하고 선배들과 의논하고 친한 사람들과 뒷담화를 해도 그 병은 결코 낫지 않았다. 뒷담화가 많아지고 나로 인해 아무 상관 없는 그들의 관계에 벽이 생기기 시작했다. 도저히 그래서는 안 되겠다 싶어 속을 삭이기 위한 방침으로 나에 맞는 마음의 약병을 찾기 시작했다.

여러 책을 뒤적이며 읽고 읽었다. 그러다 드디어 『무례한 사람에게 웃으며 대처하는 법』에서 나의 마음속에 그 모든 근심, 속상한 것을 통쾌하게 해줄 방법을 찾았다. 그 책 속에서 이렇게 말하고 있었다.

이제부터 무례하게 말하는 사람들에게는 우아하게 웃으면서 그들에게 경고할 것이다. '지금 금 밟으셨어요.?'

나도 그렇게 할 것이다. '지금 금 밟으셨어요?'

가끔은 오해를 받아도, 무례함을 당해도, '좋은 게 좋은 거야. 서로 이해하며 살아.' 그렇게들 이야기한다. 그런데 왜 나한테만 이해하라고 하는 걸까? 혹여 중립을 지키는 상황이라면 상대에게도 그랬을까? 왜 나만 갖고 그러는데? 그 말들은 도대체 누구를 위한 말일까?

그것은 비겁한 말, 나에게는 아주 슬픈 말이다. 좋은 게 좋은 거 난 싫다. 나한테 무례하게 나를 슬프게 하면서 '다 너를 위해서'라고 한다면 난 괜찮다고 그러지 말라고 할 것이다. 결코 그런 말들을 사양할 것이다.

자연이 놀랍고 아름다운 까닭은 목련이 쑥잎을 깔보지 않고 도토리나무가 밤나무한테 주눅 들지 않기 때문이다. 이 세상은 어느 누구에게도 다른 이를 깔볼 권리는 없는 것이다.

가끔 타인의 일로 인해 속상해 하는 사람을 보면 그만한 이유가 있을 것이다. 그렇게 참고 기다려 주면서 '그랬구나' 해주면 참 좋겠다.

슬픈 사람들에겐
너무 큰 소리로 말하지 말아요.
마음의 말을 은은한 빛깔로 만들어
눈으로 전하고
가끔은 손잡아 주고
들키지 않게 꾸준히 기도해주어요.
슬픈 사람들은
슬픔의 집 속에만
숨어있길 좋아해도
너무 나무라지 말아요.
훈계하려거나 가르치려 들지 말고
가만히 기다려 주는 것도 위로입니다.
그가 잠시 웃으면 같이 웃어주고

대책 없이 울면 같이 울어주는 것도

위로입니다.

위로에도 인내와 겸손이 필요하다는 걸, 우리 함께 배워가기로

해요.

— 이해인, 「슬픈 사람들에겐」

참 좋은 시다. 슬퍼하는 이에게 우리도 '그랬구나.' 해주어요.

질투의 힘은 넣어둬!

양양의 하늘은 늘 아름답다. 고성과 양양을 번갈아 다니지만 양양의 하늘이 더 멋지고 아름답다고 느끼는 것은 산으로 둘러싸여서 주변의 산세와 잘 어울리기 때문이다. 구름 속에 번지는 파랑 하늘은 유화의 블렌딩 기법처럼 서로 뭉개지면서 스푸마토(sfumato)를 일으키며 하늘 속에서 마구마구 섞이고 있다. 참 아름다운 풍경이다.

속초에 살면서 감사함을 느끼는 것 중 하나는 이렇게 아름다운 풍경을 볼 수 있는 눈을 갖게 해주신 것이라고 생각했다. 그래서 소중한 눈을 잘 아껴야 하는데 그렇지 못하고 산다.

요즘 양양을 자주 간다. 친구가 갑자기 부자가 되어 건물을 짓고 카페까지 하게 되었다. 늘 어렵게 살아 주변에서도 그를 탐탁지 않게 생각했었다. 밥 한번 사는 적 없고 여기저기 밥 먹는 곳이면 다 따라다닌다고 욕을 했었다.

그런데 갑작스럽게 땅값이 올라 부자가 될지는 아무도 몰랐다. 시어머니가 돌아가시며 유산으로 받은 조그마한 시골 땅이 급상승하면서 그렇게 되었다. 아마도 여기 속초, 양양, 고성에서 급격하게 땅값이 올라 저렇게 부자가 된 이들이 꽤 있을 듯하다.

반면 친한 후배는 일자리를 잃었다. 다른 사람이 기존에 있던 자리를 차지하면서 뺏기고 만 것이다. 그 사람은 그 후배보다 돈도 많고 더 잘 산다. 그런데도 후배의 자리를 탐하여 뺏고 말았다. 문득 '아홉 가진 사람이 하나 가진 사람 것을 뺏는다.'라는 말이 피부에 확 와 닿았다.

비단 그 친구뿐이겠는가? 세를 주어 그곳에서 장사가 잘되면 주인이 똑같이 그 장사를 하는 경우도 보았다. 지인이 경영하는 가게도 잘되니 세를 감당할 수 없도록 올려 달라 해서 지인이 화가 나 무리를 해서 건물을 지어 나갔다. 여전히 새로운 곳에서 장사가 잘되어 힘든 것을 극복하고 산다. 그러나 전 건물은 아직도 비어 있다. 그렇게 그냥 있는 대로 두었으면 월세라도 받아서 현상을 유지할 것이 아닌가. 그런데 너무 비싼 임대료에 코로나19가 겹치는 바람에 그는 세도 못 받고 텅 빈 가게 때문에 세금만 나갈 것이다. 이렇게 남이 잘되는 꼴을 못 보는 세상이다. 더구나 속초는 남이 하면 따라 하는 따라쟁이들이 수두룩하다.

요즘 속초는 점점 아름다운 바다와 산이 있는 도시가 아닌 아파트 천국의 속초가 되어 가고 있고, 양양에서부터 고성까지 카페가 바다를 가리며 줄을 서고 있다. 아파트와 카페가 천지인 도시가 되어 가고 있어 참으로 안타깝다. 분명 거기에는 망하는 곳이 있을 테고 옆집보다 더 큰 건물을 지어 장악을 할 것이다. 그렇게 작은 가게들은 슬픔을 가질 것이다.

누군가가 무엇을 갖고 있으면 뺏고 싶은 심정, 그것을 알 수가 없다. 내가 입고 다녀서 예쁘면 자기들도 입으면 예쁜 줄 안다. 체형에 따라, 옷 색깔에 따라, 디자인에 따라, 어울리고 안 어울리는 사람은 따로 있는데 말이다.

내가 입고 있는 원피스를 만들어 달라고 하도 졸라대서 한 벌 만들어 주었다. 요즘은 예전처럼 그냥 해주지는 않는다. 적당한 대가를 지불해야만 만들어 준다. 나도 약아지고 있다. 거의 원단 값만 받고 만들어 주었다. 내 나름대로 어울리는 그 사람의 스타일대로 만들어 주고 싶었으나 자기가 해달라는 대로 해달라고 고집을 피웠다. 그러나 역시 그 사람한테 그 디자인은 어울리지 않았다. 결국 그 원망은 나한테 올 것이다. 오배송에 정말 힘들게 그 원단을 두 번씩 받고 원가만 받은 것은 그저 내 사정일 뿐, 그 사람은 자신의 다른 생각으로 서운함만을 갖고 있을 것이다.

"열이면 다 네가 만든 옷에 만족할 수는 없다. 그중 한 사람은 맘에 안 들 수도 있다."고 친구는 말한다. "그래, 내가 만든 것들을 모두가 좋아할 수는 없다. 분명 만들어 줄 때 나는 프로가 아니고 꼭 맞춤을 하는 양장점이 아니다."라고 이야기한다. 다들 98% 만족을 한다. 다시는 옷을 만들어 주지 않으리라 다짐을 했건만 그다음 주에 다른 이가 주문을 하는 바람에 또 만들고 말았다. 옷을 만드는 일이 재미있기 때문이다.

또 코로나19가 오면서 미용실도 못 가는 바람에 머리를 길게 기를 수밖에 없었다. 사람들은 예전 머리를 보고 멋있다, 나답다 하며 칭찬을 했지만 나를 아는 어르신들은 왜 그리 머리를 산발하고 다니냐며 이야기하고, 그 외에 몇몇 사람들이 나의 헤어스타일에 빈번히 말들이 많았다. 그럴 때마다 스트레스를 받으며 견디어 왔다. 결국은 생머리로 바꿀 수밖에 없었다. 내 머리에 말들이 많던 사람들은 이 촌스러운 머리가 너무 예쁘고 지금껏 중 제일 잘 어울린다고 말한다. 열 명 중 일곱 명은 예전 머리가 멋있고 예쁘다 하는데, 셋은 지금의 이 촌스러운 머리를 선호한다. 자기 스타일도 아니고 내 스타일인데 왜 왈가불가하는지 이해가 가지 않는다. '어르신들은 질투가 아니겠지만 나머지 사람들은 질투이다.'라고 혼자 결론을 내린다.

질투의 힘은 너무나 쎄다. 그 질투의 힘으로 인해서 세상은 힘들어지고, 심지어 살인까지 저지르는 일들을 매스컴을 통해서 본다. 사람이건 동물이건 질투의 힘은 막강하다. 연인들 사이에서도 질투로 인한 데이트 폭력이 비일비재해지고 있으며 그 건수가 날로 증가하고 있어 심각한 수준을 넘어서고 있다. 그 질투의 막강한 힘이 너무나도 무섭다는 것을 그 흔한 막장 드라마에서 우리는 많이 보고 있을 것이다.

적당한 질투는 좋다고 한다. 경쟁사회의 자그마한 원동력이 될 수도 있고 자신이 발전할 수 있는 동기부여가 될 수도 있다고 한다. 질투의 힘을 조금만 빼서 맘속에 넣어 두고, 꺼내지도 말고, 드러내지도 말고, 참으며 조금만 배려하자고 이야기 하고 싶다.

책 속의 주인공의 두 모습이 보입니다. 비 오는 날 강아지와 같이 걸어가는 모습에 우산은 내 쪽으로 기울어져 있습니다. 어쩌면 우리의 모습일지도 모릅니다. 그러나 모든 것이 멈추고 혼자가 되어 바라본 세상에서 느낀 나는 다시 비 오는 날 강아지와 걷는 모습에 우산은 강아지에게 기울어져 있습니다.

팬데믹 시대를 묘사한 루크 아담토커의 그림책 『함께』에 나오는 장면이다. 지금 일상의 모습을 비교한 이야기들이 담겨 있는 책이다. 어린이책이지만 그 책을 읽고 감동을 받았다. 나 또한 그 책의 이야기를 해 주고 싶은 마음에 원고를 보냈지만 어른이 읽어야 할 동화이기에 지인들에게 권하고 싶은 책이기도 하다.

늘 일상에서 나를 생각하고 내가 우선이었던 시대, 코로나19로 인해 모든 것들이 멈춤이 되어버렸다. 세상 속에 홀로 남겨진 나는 비로소 그때 다른 사람을 볼 수 있다. 지인들과의 만남도 멀어지고 모든 것이 경계선을 지켜야 하는 세상, 그래도 우리는 나 아닌 남을 조금만이라도 생각하는 세상을 만들어야 한다.

또 각박한 현대 사회일수록 노블레스 오블리주(noblesse oblige)의 세상으로도 변했으면 한다. 아홉 개를 가진 자는 한 개를 가진 자의 것을 탐하지 말고 한 개를 주어 여덟 개를 갖고 그에게 두 개를 갖게 하자. 한 개를 가진 자 보다 여덟 개가 많지 않은가? 이렇게 점점 변했으면 하는 나의 바람이다.

"질투에서 오는 막강한 힘은 자신의 마음속에만 넣어 둬! 절대 꺼내지 마." 그렇게 말하고 싶다.

감정 노동

어느 모임이든 내 맘에 들지 않는 사람이 꼭 한둘 있다. 어디서든 마주치지 않고 싶은 사람들, 말을 건네기 싫은 사람들이 종종 있다.

그러나 세상은 그렇게 만만치가 않다. 내 맘대로 할 수 있는 일들이 많지 않기 때문이다. 피하면 피할수록 어디서든 만남이 잦아지고 외나무다리에서 만나는 원수처럼 꼬인다. 그럼 그 모임을 하지 말든지 그 사람을 영영 안 보든지 하면 될 텐데, 왜 힘들게 내 마음을 혹사시키면서까지 나가는지 모르겠다.

딱 저 사람만 안 보았으면 좋겠다는 사람도 있다. 우리는 애써 그 마음을 감추고 미소를 보낸다. 그러면 그럴수록 그 사람과의 나의 악연은 계속된다. 공교롭게도 우연히 옆자리에 앉는다. 애써 옆자리를 피하며 멀찌감치 떨어져 앉는다. 사람 수가 많아지면서 자리는 좁혀지게 되고 결국 내 옆 자리까지 오게 된다. 의도하지 않았는데 말이다.

이때 나의 감정노동은 시작된다. 내 마음속의 감정들이 뒤섞이며 나의 뇌는 주인의 표정 관리를 위해 어떤 것이 옳은지 제대로 판단해야 한다. 미소를 지어야 하는지, 무시해야 하는지, 공격적으로 말 하나하나를 받아쳐야 하는지, 나의 머리는 복잡해진다. 순간 나의 감정들은 힘겨운 노동을 한다. 물 섞이듯 자연스럽게 어울려야 하는지, 물과 기름이 되는 듯 감정 분장을 시작해야 하는지 머릿속이 어지럽다. 잘 판단해야 한다. 그래야 비난받지 않고, 겉으로 봐도 너그러운 사람인 척 내 편을 만들 수 있기 때문이다.

나는 이렇게 내 감정에게 무거운 노동을 안겨 준다. 내가 이렇게 감정 노동을 할 동안 그 당사자인 사람도 나처럼 힘겨운 감정싸움을 할지도 모른다. 그도 그만한 사정이 있었겠지. 내 감정에 더 이상의 상처를 주지 않기 위해 스스로 방어한다.

멀리서 아는 이가 온다. 낯익은 이다. 아마도 내게 수업을 받았던 아이의 엄마 같았다. 그녀가 나를 아는 척해도 그만, 안 해도 그만이다. 이제는 그 애를 수업하지 않으니까. 그래도 아는 척을 해주었으면 하는 바람이다.

예의가 있는 학부모는 먼저 꼭 인사를 한다. 내가 그 아이를 기억하지 못할 만큼 오래된 시간이 지났어도 목례라도 한다. 난 속으로 참 예의가 있다고 흐뭇해한다. 기분이 참 좋다. 그러나 분명 아는 이인데 나와 마주치지 않으려고 애써 딴 곳을 바라보는 이도 간혹 있다. 그러면 기분이 참 나쁘고 또 내 기준의 잣대로 '참 예의 없다. 내가 잘못 살았나' 하면서 나를 자책하기 시작한다. 그게 뭐라고 그날은 기분을 다 망친 것 같다. 요즘 세상에 자기 자식 담임도 안 챙기고 아는 척도 안 하는데 내가 뭐라고 그깟 몇 년, 몇 달 미술 배운 선생이 뭐라고… 애써 나를 위로하며 합리화시킨다. 이런 나의 행동이 오버이겠지만 기분은 솔직히 그렇다.

우리의 감정은 이상하리만큼 감각적이다. 일부러 피하는 모습인지 정말 본 것인지 명확히 구별해 주는 착한 마음의 눈이 있기 때문이다. 그 몇 초 때문에 평소에 자신감이 넘쳤던 나는 그날 행복한 마음도 상하고 만다. 나의 정서적 자원을 고갈시키면서까지 마음은 긴장하고 위축된 모습으로도 전락하고 만다. 그 몇 초 때문에 나는 많은 에너지를 소비했다.

나도 다른 사람들을 외면한 적은 없었는지 생각해 본다. 많다. 가식이 섞인 아주 짧은 미소로. 그러나 눈빛은 마주치지 않으면서 말이다. 또 나에게 적을 두고 있는 사람들도 있을지 모를 생각도 해 본다. 인간이란 본시 나를 나타내기 좋아하고 나를 위하는 마음이 가장 최선에 있을 때 자신의 위치 선정을 아주 높게 측정하는 버릇이 있다.

어딜 가든 나를 좋아하는 사람이 열이면 그중 둘은 나를 싫어하는 사람이 있기 마련이다. 둘만인 것이 참 다행 아닌가? 그만큼 내가 잘살아왔다고 나를 위로할 법도 되건만 나는 많은 욕심을 부린다. 모두가 다 나를 좋아해 줄 것이라는 착각을 한다. 그러나 착각이라는 것을 아는 순간 힘든 감정 에너지는 나의 육체적 긴강에까지 손실을 준다.

뇌의 안쪽 변연계에 감정을 조절하는 편도체가 있다. 이 편도체는 화가 나면 감정변화를 전두엽으로 보내서 내 감정을 잘 다스릴지 부정적인 감정을 내보낼지를 결정하게 된다고 한다. 이때 전두엽이 효율적으로 감정조절에 길들여 있다면 부정적인 감정을 내뿜는 대뇌의 변연계로 보내는 감정이 조절되는 것이다. 반면 이때 분노의 감정을 전두엽이 자제하는 능력이 약하다면 우리의 감정은 폭발하고 마는 것이다.

이렇게 우리의 뇌는 조절 능력이 있어서 감정을 잘 다스리는 힘이 있다. 그러나 이런 조절이 안 되거나 폭발하는 힘이 더 커진다면 전두엽이 손상된 것이다. 느끼는 뇌가 되어 바로 폭발을 할 것인지 한 번 더 생각하며 감정을 조절할지 생각하는 시간이 있다는 것이다.

모든 감정 싸움들은 다 내 감정에서 시작된다. 남을 미워하는 감정도, 남을 혐오하는 감정도 모두 나로부터 시작된다. 나를 아는 척하지 않은 감정도 상대는 내가 표 내지 않으면 모른다. 다만 감정처리 과정에서 내가 나를 힘들게 하며 옛말로 나를 볶는다. 즉 자존심이다 뭐다 하면서 나를 과시하려는 데 있는 것이다. 나를 과대평가하는 데 있는 것이다. 이러니 우리 자신의 건강한 삶을 위해 감정 노동에 흔들리지 말자는 것이다.

그러기 위해서는 우리는 지킬 것이 많다. 잘 먹고 잘 자야 한다는 것. 다른 사람의 행동에 민감한 반응을 보이지 않는다는 것. 또 오지랖질하지 않고 나나 잘사는 것. 아는 이가 나를 애써 피하면 피해줄 것. 그 감정에 내가 슬퍼하지 말 것. 그리고 다른 사람 감정에 동요하지 말 것이다.

나는 그동안 쓸데없이 나의 소중한 감정을 스마일 마스크 증후군(smile mask syndrome), 가면 우울증(masked depression) 등으로 들볶았다. 그런 것들을 치우자, 감정노동에서 벗어나자. 그리고 이제는 진짜로 해피 스마일하자. 해피 스마일이다.

나도 하이! 안녕?

혹여 그대의 짐이 되는 것은 아닐는지…

가끔 오래 못 본 친구들이나 동생들이 보고 싶을 때가 있다. 일방적으로 전화해서 만나자 해놓곤, 막상 만나 피곤한 기색이 보이면 곧 바로 후회를 하곤 한다. 내가 괜히 불러낸 것은 아닌지, 혹시 시간이 없는 걸 마지못해 나온 것은 아닌지… 전화를 했을 때도 받기 힘든 전화를 받은 것은 아닌지…

오랫동안 연락이 없는 후배들이 가끔 궁금하다. '무정한 것, 어쩜 그리 연락을 안 하나?' 야속하기도 하다. 내가 이렇게 외로운데 뭘 하는지 궁금하지도 않나 싶기도 하고. 복잡한 마음으로 전화를 하면 한참 바쁘단다. 그렇게 여러 번 전화기를 들었다 놓았다. 체념을 하고 나도 내 일에 바쁘게 살아간다. 그러던 어느 날 불쑥 메시지 하나가 뜬다.

"언니 보고 싶어요. 잘 계시지요? 언제 한 번 봬요. 사랑해용~"

하면서 하트 문자를 보내왔을 때, '아! 아니구나. 나를 잊은 것은 아니구나' 하면서 안도의 숨을 내쉰다.

각박한 세상, 각박한 인생이라고 자신에게 하소연을 하면서, '내가 헛살았어' 하면서 자신을 자책할 때, 불쑥 던져진 짧은 메시지 하나로 힘을 얻고 삶의 희망을 얻어가면서 사는 이도 있다. 이 짧은 메시지 하나로 공감대가 형성되고, 희열을 느낀다.

우리는 '바쁘다'를 입에 달고 산다. 기계문명의 발달로 우리가 하는 일은 점차 쉬워지고, 손으로 할 일은 줄어드는데도 말이다. 지금은 집안에서도, 아니 마주 앉아서도 언어로 소통하기보다 손가락으로 테크놀로지 대화를 한다. 눈빛도, 소리도 없이 화면의 글자로 소통하고 살아가고 있다. 그 조그마한 전화기 속에서 카톡, 카스토리, 인스타, 페이스북 등등을 통해 서로 상대의 소식을 다 알 수 있다. 심지어 채팅까지 하며 살아가고 있다. 아 좋은 세상 정말 편안한 세상이 되었다.

그러나 이렇게 편안하고 좋은 세상에서 사람들의 인심과 넉넉함은 점점 작아지고 있다. 가끔은 일을 못 할 만큼 불편한 전화가 있다. 그래서 전화번호부에 친구, 모임, 가족 등으로 구분해 놓고 그에 따른 벨 소리도 달리 설정해 놓고 전화를 받는다. 이렇게 꼭 받아야 할 전화, 천천히 받아도 될 전화, 나중에 받아도 될 전화, 안 받아도 될 전화 이렇게 구별 해놓고 사는 세상이다. 나 또한 보험

회사나 잦아지는 상업성의 전화는 꺼려하고 받지 않는다. 내가 필요하지 않는 전화는 나도 거부하고 있다. 혹여 나도 그 누군가에게 가끔은 귀찮은 존재로 인식되어지는 않았었나 하는 생각이 들면서도 말이다.

거북이 : 늦게 답장

돌 : 시크하네

잠수함 : 언제나 답장이 없음

꿀 먹은 : 단답형

워프 : 바로 답장 속도 엄청 빠름

유령 : 보고도 답장 안 함

물고기 : 한 번 보내면 그때부터 물 만남

아기 : 자신이 필요할 때만 답장

인형 : 시간 가는 줄 모름

광대 : 기쁨

직장인 : 매일 바쁘다면서 답장 안 함

천사 : 언제나 친절하게 답장

어린이 : 언제나 해맑음 긍정적임

악마 : 늘 부정적

진지 모드 : 언제나 진지함

문자 성격이란다. 혹여 살아가면서 나는 어떤 유형에 속하는지 생각은 해보았는가?

모임에서 수없이 알림 메시지를 보내도 수년간 침묵을 지키는 사람이 있다. 물론 늘 바쁘니까 일상적인 메시지의 답은 안 해도 서로 이해하는 사이가 충분히 있다. 그러나 늘 상대의 소식에 무관심한 무반응인 사람들이 간혹 있다.

인사를 하는 일은 일상이다. 그러나 언제가부터 우리 곁에는 그 인사가 점점 없어지고 있다. 같은 아파트에 살아도 누가 사는지, 심지어 옆집에 누가 사는지도 모르고 살아가고 있는 것을 당연하게 생각하는 시대다. 어찌 이리되었을까?

언젠가 수업을 하고 있는데 웬 노인 한 분이 바구니 한가득 옥수수를 삶아 왔다고 하면서 불쑥 들어왔다. 처음에는 당황스러워 어찌할 바를 몰랐지만 '금방 딴 옥수수가 너무 실해서 애들 주려고 삶아왔다'고 하는 그 할아버지 이마의 송송 맺힌 땀방울을 보고서야 감사의 인사를 드렸다.

지금은 일어날 수 있는 확률이 0프로인 일이다. 그것도 벌써 20년 전이니 말이다. 점점 '각박하다'란 말이 흔하게 우리 곁에 머무는 단어가 되고 우리는 그걸 당연하게 받아들인다. 사생활 침해니, 개인 사생활이니 하면서 이웃의 안부도 묻기도 어려워지는 세상 속에 살면서 가끔은 나는 어릴 적 시절로 돌아가고 싶다는 생각이

든다.

비 오는 날, 부침개를 마당에서 구워 먹으면 하나둘씩 동네 아주머니들이 우리 집 앞마당으로 모여들었다. '너 왜 왔냐' 하면서 눈치를 주거나 왕따를 주거나 하는 일은 없었던 걸로 기억한다. 서로 어서 오라 하며 하나둘씩 모여 앉아 먹다가 중간에 각자 일어나 자기네 집의 먹을거리를 하나둘씩 내어 오고 그 음식들을 나누던 기억이 생생하다. 그 속에서 낯선 아이들도 나의 친구가 되고, 이웃들은 서로 사촌이 된다.

그러나 지금 아파트에 살면서 음식 냄새가 가끔 베란다를 타고 올라온다고 신경질 내는 사람을 본 적이 있다. 밤늦게 뭘 해 먹냐고 하면서 구시렁대고, 심지어 다이어트 하는데 사람 약 올리냐 하면서 신경질을 부리며 경비실 인터폰이 불난다. 생각해 보니 나도 신경질을 낸 적이 있었다. 내가 싫어하는 음식 냄새 때문에 역겨웠기 때문이다.

각자의 사생활 보호로 우리 시대는 이제 마음의 문들조차 닫고 있다. 속내를 보이지 않는 사람들이라며 응큼하다고 하고, 붙여시라고 했던 것이 이젠 우리 모두 다 응큼스러워지고, 붙여시가 되어 가고 있다.

이제 우리는 이웃을 잘 모른다. 옆집에서 죽은 사람의 곁에서 아이가 엄마와 사흘을 같이 살고 있어도 이웃은 눈치를 못 챈다. 급기야 썩어 냄새가 진동하자 우리는 그것을 수습한다. 더구나 세계 자살 1위라는 우스꽝스러운 나라에 살고 있으면서 말이다. 조금만 더 인사를 나누고 안부를 물었다면 과연 우리나라가 자살 1위인 나라가 되었을까.

우리는 늘 그렇다. 항상 일들이 벌어진 후에 그 모든 것들을 수습하고 뒷이야기를 한다. 이젠 남을 배려한다든지 남을 이해하려는 모습보다는, 따지고 대드는 모습들이 더 많아지고 있다. 남의 이야기를 들어주기보다는 내 이야기를 더 많이 하려고 하고, 우리들의 마음은 점점 욕심들로 커지고 있다.

손 터치 하나로 서로의 소식을 알 수 있는 세상을 살아가면서도 일회성 친구만 늘어가고 있다. 작은 메시지 하나가 별것 아니라고 생각하지만 어쩌면 그 짧은 문장 하나가 우리에게 아주 커다란 메시지들을 전달해 줄 수 있다.

작은 소통으로 우리는 '예, 아니오'를 하면서 살아가지만 그래도 가끔 상대에게 '아니오'보다는 '예'를 할 수 있는 너그러움으로 살아가기를 희망한다.

'당신은 저에게 예입니까? 아니오입니까?' 가끔 생각하면서 나도 많은 반성을 하며 살리라. '저는 당신에게 예이지요? 맞지요?' 그렇게 미소를 지으며 메시지에 "하이! 안녕?"이라고 하고 싶다.

나도 "하이! 안녕?"

2부

그리움의 기억들

길상사에도 꽃무릇이 피듯이…

유치원에 신입생이 들어왔다. 아이는 만 5세로 엄마와 처음 떨어져 낯선 곳에 왔고, 사회에 처음 내딛는 길이다. 갑작스러운 엄마와의 떨어짐에 아이는 매일 운다. 엄마의 사진을 꼭 끌어안고 보고 또 보고 운다. 그렇게 엄마의 모습을 보면서 그리움을 달래는 아이를 보고 나도 뭉클해졌다. 얼마나 엄마가 보고 싶으면 저럴까? "엄마가 언제 와요? 아빠가 언제 와요?" 작은 눈망울에 눈물이 뚝뚝 떨어진다. 그러고는 흐느껴 운다. "엄마가 보고 싶어요." 우는 아이를 꼭 안아주고 등을 토닥토닥거리며 아이를 달래 주었다.

퇴근하고 돌아오니 텅 빈 집에 쓸쓸함이 일었다. 나도 아이들이 갑자기 보고 싶어졌다. 엄마도 보고 싶고, 갑자기 서울이 그리워졌다. 밥도 안 먹고 앉아서 텔레비전을 보는데 갑자기 아버지도 그립다. 펑펑 나도 울고 있다. 그 꼬맹이의 눈망울 속에서 눈물이 뚝뚝 떨어지는 모습이 생각나 괜스레 운다.

그리움이란 무엇으로도 해결이 되지 않는 가슴 저림이다. 누군가 보고 싶다는 것은 절실함이며, 숨이 막혀오는 답답함이다. 그렇게 보고픔은 힘들다.

사랑의 그리움은 뭐든 다 같지 않을까? 살아오면서 애틋함을 느끼고 보고픔에 밤잠을 설친 적도 많았는데, 그 상대가 자식이라 하니 늙는 거라고 한다. 아니 난 늘 아이들이 보고 싶었는데…

돌아가신 아버지가 보고 싶어 잠 못 이룬 적도 있었고, 그리움으로 베개를 적시며 운 적이 많았기에 그 꼬마의 마음이 더욱더 내 가슴을 적신다. 나는 이성을 그리워하면서 이성을 보고파 하면서 산 적은 있었는지 문득 그런 생각을 해본다. 있었지, 그래. 너무 그리워서 울고, 울고 또 운 적도 있었지.

그런데 나는 갑자기 이 시점에서 왜 길상사가 생각나는 걸까? 서울에 가면 가끔은 호젓하게 들렀던 곳이라 그럴까? 이성의 사랑과 부모와 자식 간의 사랑은 엄연히 다른데 난 그 사랑과 연관 짓고 있다. 너무나도 유명한 성북동 길상사 이야기. 너무도 절실했던 김영한과 백석 이야기. 그 그리움으로 연관 짓고 있다. 천억 원이 넘는 자기 재산을 사랑하는 한 사람 때문에 시주한 여자. 평생을 한 남자만 그리워하며 살았던 여인.

난 예전에 농담으로 결혼생활은 딱 3년만 살다 헤어지고 다시 3년만 살고 다시 하고 싶다고 했다가 언니들한테 욕을 엄청 먹은 적이 있다. 어릴 적부터 수없이 들어왔던 사랑의 유효기간… 남녀 사랑의 유효기간은 3년이라고 생각했기에…

보라, 꽃이 피었다고 이뻐하다가도 시들면 버리고 만다. 그것을 남녀의 사랑으로 비교하며 난 사랑을 믿지 않고 살아왔다. 그런데 김영한은 어떻게 평생을 그렇게 한 사람만 보고 살 수 있을까? 백석이 부럽다.

북한산 기슭에 자리 잡고 있는 길상사는 올해 태풍이 지나 간 시기에도 불구하고 꽃무릇이 피어 연휴임에도 사람들의 발길이 끊이지 않았다고 한다. 우리나의 제일의 요정인 대원각이 있던 곳.

그녀에 대한 사랑을 「나와 나타샤와 흰 당나귀」라는 시로 표현을 해서 연애시라고도 불리기도 했던 사랑 이야기. 만날 수 없는 여인을 향해 매일 매일 편지를 쓰며 그리움을 달랬던 백석. 그 그리움으로 탄생한 그리움의 시. 그 시대에 최첨단 패션 감각을 보였던 모던보이로 초콜릿 색 구두를 신고 다녔던 멋진 남자. 그의 마음을 흔들었던 여인.

그녀는 일찍 아버지를 여의고 할머니와 홀어머니 밑에 어렵게 살았다. 그런 그녀는 가정 형편으로 인해 친척에게 속아 팔려 가듯 15살의 어린 나이에 결혼하고 만다. 그러나 그 결혼도 실패하는 바람에 기생의 길로 접어들게 된다. 그러던 중 우연히 함흥지역 교사로 와 있던 백석과 회식 자리에서 만나 서로 한눈에 반하게 된다.

이후 그녀는 서울로 가야 하는 상황이 되었고, 백석은 자신의 교직까지 그만두고 《조선일보》에 근무하면서 그녀와 동거를 시작했다. 그러다 백석이 부모님의 강제적인 정략 결혼에 첫날밤 도망을 나와 도피처로 만주로 떠나자고 한다. 김영한은 부모에 대한 불효와 사랑의 고통 속에서 갈등하는 백석의 장래를 위하여 홀로 남게 된다. 그들의 운명은 그가 공부를 마치고 그녀를 찾을 때쯤 그녀는 이미 떠난 시기였고, 다시 만날 수 있는 상황이 될 때쯤은 또 38선이라는 분단의 아픔이 그들을 가로막았다. 북으로 갈 수밖에 없었던 그를 그리워하며 오로지 돈 버는 것에 목적을 두고 대원각을 열었다. 그녀는 많은 돈을 벌었으나 백석을 향한 그리움은 더욱더 커져갔다. 어떠한 것으로도 채울 수가 없었다. 숱한 그리움을 달래기 위해 줄담배를 피웠다고 한다. 그 영향으로 그녀는 결국 폐암으로 세상을 뜨게 된다.

한국 현대 문학을 대표하던 시인 백석의 『사슴』(1939년) 시집은 100부 한정을 내어 구하기 힘들어 2014년 초판이 경매장에 등장하여 칠천만 원으로 낙찰되기도 했다. 백석은 조만식 선생의 부름으로 평양에 머물게 되었고, 이후 월북 작가로 취급받게 된다. 그나마 아동작가였기에 1988년 금기가 풀려 작가로 살아남을 수 있었지만 결국 그도 불운의 남자로 생을 마감한다.

그런 그 남자를 평생 그리움으로 껴안고 산 여인. "그깟 천억 원,

백석 시인 시 한 줄 못하다."라고 했던 그 여인. 죽고 난 후 자신의 유해를 눈 내리는 날에 길상사에 뿌려 달라 유언했다. 그리고 마침 눈이 내렸다.

어차피 그리움은 같다. 몇 시간 엄마가 그리워 우는 아이의 절절한 그 눈망울이나, 몇 달을 못 본 다 큰 아이들의 보고파 우는 그리움이나, 백석을 평생 바라보고 산 그 여인의 그리움이나 하나이다. 그냥 나도 누군가가 절실히 보고 싶어 봤으면 하는, 나의 가슴에도 꽃무릇이 피어 봤으면 하는 그리움.

너무나도 짧은 사랑으로 끝나버린 가슴 저린 길상사의 이야기. 그 길상사에 피는 꽃무릇 한 뿌리에서도 꽃과 잎이 다른 시기에 피어 함께 피지 못하는 무릇꽃은 김영한의 삶을 닮은 것 같다. 눈부신 햇살이 비출 때 보면 그 빛을 더해 정열적으로 보이는 무릇꽃. 은은하게 오래 피는 꽃이 아니라 딱 열흘만 불꽃을 피우고 진다고 하여 꽃말은 '이룰 수 없는 사랑'. 다른 이름으로 석산화, 상사화라고 부른다고 한다. 그러나 꽃의 정확한 모든 정체는 나 역시 잘 모른다. 9월 중순부터 10월 초까지 절정을 이룬다고 하는데 올해는 장마로 인해 이미 꽃은 지고 말았다고 한다. 서울에 가도 볼 수는 없다. 내년 무릇꽃이 필 즈음이면 길상사를 꼭 가보고 싶다.

엄마의 재봉틀

돌돌돌 발 구르던 재봉틀. 어릴 적 엄마한테 혼나면, 재봉틀을 발로 구르는 게 나의 일이었다. 그러면 왜 죄 없는 재봉틀에 화풀이하냐고 더 혼났다.

서울에서 이사 오던 날. 어머니가 주신 재봉틀. 몸통은 너무 무거워 동생네 두고 오고 다리만 콘솔로 쓰려고 마당에 내놓았다. 6살 딸아이가 소리 지른다. "엄마, 엄마, 할아버지가 저거 가져가." 뛰어 내려가 보니 없어졌다. 짐 싸는데 잠깐 내려놓은 재봉틀 다리를 고물 줍는 할아버지가 들고 가버렸다. 할아버지를 붙잡아 내놓으라 해도 잡아뗀다. 그 당시 CCTV가 없어 억울할 뿐이다. 엄마는 속상해하시면서 앉은뱅이 재봉틀로 바꿔 놓으셨다.

내가 속초에 이사 와 엄마 나이가 되었을 무렵 우연히 재봉틀을 배우기 시작했다. 엄마한테 재봉틀을 달라고 했다. 동생은 그 무거운 것을 차에 싣고 서울에서 속초까지 달려와 주었다. 얼마나 반

갑던지, 받자마자 이것저것 만져가며 어릴 적 추억을 기억하며 재봉을 하였다. 달달달, 어릴 적 서서 발로 발판을 구르며 놀던 기억이 났다. 비록 지금은 앉아서 달달달 작업을 하지만 그래도 좋았다. 엄마의 손길이 잔뜩 묻어 있는 것 같아서 더 좋았다. 얼마나 재미나던지 밤샘하며 이것저것 만들었다. 내 맘대로 만들어 지인들에게 나눠 주기도 하고 시간 날 때마다 재봉틀 앞에서 살다시피 했다. 다양한 파우치며 소지품들을 만들었다.

그러던 어느 날 재봉틀이 고장이 났다. 이제 더 이상 고칠 수가 없다고 한다. 많이 속상했다. 한 손으로는 천을 잡고 한 손으로 돌림 바퀴를 굴려야 하기에 숙달되지 않으면 재봉하기가 어려워 불편함이 있었다. 그래서 새것을 장만하고 베란다에 넣어 버렸다. 동생은 백 년의 역사던 말던 미련 갖지 말고 이제 쓸모가 없으니 버리라고 했다. 하지만 난 우리 집안의 역사가 담긴 재봉틀이기에 버리지 못했다. 몸통을 받쳐 주는 다리마저 잃어버린 남겨진 이 재봉틀을 가보로 두려고 꼭꼭 싸매두었다. 그렇게 나는 엄마의 재봉틀은 잊은 지 오래다. 시간이 지나 이제는 그 소중해하던 것이 고물단지가 되어버렸다. 한발로 발판을 구르고 한 손으로 돌림 바퀴를 돌리던 시대도 가고, 발판을 쓰며 재봉하던 것들도 지금은 버튼 하나를 누르면 모든 것이 만들어진다. 더구나 각양각색의 수도 놓을 수 있다. 힘들지 않게 내가 원하는 대로 모든 것들을 만들 수 있는 세상이 왔다. 재봉질의 신세계를 만났다.

베란다에 덩그러니 방치되어 있는 엄마의 재봉틀. 처음에 맞았을 때는 그렇게 소중하고 내게 너무나 값진 것들이 이제는 방치되어 있다. 버려야 하나 갖고 있어야 하나 고민도 하고 있었다. 사람의 마음이 이리 쉽게 변하는지, 저 재봉틀 하나로도 알 수 있다. 새것에 눈이 팔렸다. 긴 세월들 시간 속에 마음이 변하지 않는 것은 신일 뿐이다.

밤이 늦도록 재봉을 하다 보니 밤하늘이 나를 내려다보고 어둠이 짙어졌다. 문득 엄마의 재봉틀이 생각났다. 재봉틀을 낑낑거리며 꺼내 보았다. 눈물이 났다. 재봉틀을 방치한 것에 죄스러움이 일었다. 오밤중에 이곳 저곳에 수북이 쌓인 먼지를 털어 내며 혼자 중얼거린다. 아무리 새것을 샀다 하더라도 엄마가 주신 이 소중한 재봉틀은 버리지 말자 다짐했다.

엄마와 딸아이 사이에서 사소한 다툼이 있었고, 그로 인해 몇 년을 가지 않았던 친정. 몇 번이고 가려고 맘먹었으나 쉽사리 내키지 않았다. 엄마에 대한 서운함이 가슴속에 많이 맺혀 있어서 하루하루 코로나 핑계를 대고 미루었다. 가끔은 엄마가 너무도 보고 싶고, 친정에 사는 딸아이도 보고 싶지만 참고 있다. 서운함이 보고 싶은 마음보다 강했기에 그 강한 미움을 풀려고 했지만 잘되지 않고 있다.

엄마의 모습이 자꾸 저 재봉틀 속에 떠오른다. 그리움이 맺혀서 눈가가 짓물렀을 엄마의 모습이 투박한 재봉틀 속에서 울고 있다. 불효를 하고 있는 나는 재봉질을 하면서 반성하고 또 마음을 다잡았지만 힘들다. 엄마의 모습을 잊으려고 나의 죄스러움을 이기려고 재봉질을 하고 또 했다. 엄마 옷도 만들어서 보내고 마스크도 만들어서 보내고 했지만 가지 못하고 있다. 기다릴 줄 뻔히 알면서도 서울에 가도 친정에 들리지 않고 아들 집에서만 지내고 왔다. 선배들이 "그럼 안 된다. 엄마를 보고 와라. 돌아가시면 후회한다."고 아무리 이야기해도 내 귀에는 들리지 않는다.

가끔 전화기 속으로 들려오는 엄마의 울음… 가슴 저미는 눈물을 쏟아 내면서도 엄마를 보러 가지 않고 있다. 그렇게 나는 엄마에 대한 그리움을 재봉질을 하면서 하루하루를 달랬다. 그렇게 재봉질을 하다 보면 속상함도 가슴속 맺힘도 옅어지리라 생각하고 재봉틀을 더 돌렸다. 그러나 재봉질을 하면 할수록 엄마에 대한 죄스러움은 더 짙어지기 시작했다.

우연한 계기가 되어 전화기를 들었다. "엄마 나예요. 죄송해요." 전화기 건너로 엄마의 통곡 소리가 들렸다. "엄마 내가 잘못했어. 곧 갈게, 잘 계셔." 침묵이 흘렀다. "그래, 그래. 건강하게 있어. 가서 내가 맛난 거 해줄게." 엄마는 알았다고 하고 전화를 끊었다. 나는 쉽게 전화기를 떼지 못했다. 귀에 먹먹하게 엄마의 울음 소리가 들리는 것 같았다. 나도 설움에 전화기를 들은 채 펑펑 울고 있다. 이렇게 쉽게 해결될 걸 몇 년이란 시간을 묻고 살았나 하는 후회와 가슴 저린 멍울을 왜 갖고 살았나 하는 후회가 밀려왔다. 엄마는 엄마의 딸을 위해서, 난 나의 딸을 위해서 한 말들인데… 서러워 모녀들이 울고 있다. 이제는 엄마의 속상함을 잊으려고 밤새 재봉을 하지 않는다. 엄마의 그리움을 잊으려고 재봉을 하지 않는다.

밤새도록 엄마 좋아하는 부침개를 부쳤다. 호박·양파 부침, 김치 부침, 굴·홍합 부침, 부추 부침. 그리고 식을까 봐 뜨거움도 잊은 채 급히 냉동하고 보니 내 손이 발갛다. 그리고 다양한 반찬들. 잡채에 돼지갈비에 자반 구이, 소고기 장조림에 가득가득 싸서 택배를 부치고 왔다.

열흘 지나도록 재봉을 안 한 지 오래다. 베란다에 던져 놓은 엄마의 재봉틀을 보고도 이제는 죄스럽지 않다. 저것은 그냥 재봉틀일 뿐이다. 마음이 가볍다. 말끔히 닦아 놓은 엄마의 재봉틀도 환하게 웃고 있다.

에스프레소의 기억

갑작스러운 날씨 변화로 가을 없이 겨울이 오는 듯하다. 뿌연 하늘은 곧 눈이라도 내릴 것 같다. 오전 출근을 하며 바라다본 하늘에 문득 작고하신 사범학교 동창이셨던 두 분 선생님이 생각났다. 엄청 나를 예뻐하셨던 분들이라 가끔 밥과 차 한 잔을 함께 나누던 분들이셨는데, 이제는 그 두 분을 뵈러 강릉에 나갈 일이 없다. 눈물이 앞을 가린다. 뵙고 싶다는 생각이 들었다.

이십여 년 전 크리스마스 때였던 것 같다. 식구들은 제각기 자신의 스케줄이 바빠 나라는 존재도 잊은 지 오래다. 오후가 되자 하늘에서 굵은 눈발이 비치더니 세상을 하얗게 뒤덮기 시작했다. 소위 말하는 화이트 크리스마스가 되어 가고 있었다. 나가지 못하는 아쉬움에 젖어 있는데 휴대폰 벨소리가 방안을 가득 채웠다. 혹시나 하는 마음에 얼른 전화를 받았다. 박명자 선생님의 전화였다.

오랜만에 이충희 선생님과 함께 밥도 먹고 강릉에 새로운 커피집이 생겼으니 구경 가자고 하셨다. 눈은 내리고 한 시간가량 걸리는 운전길이 조금은 신경 쓰였지만, 무료하게 혼자 있어야 하는 크리스마스보다는 오랜만에 뵙는 선생님들의 안부가 궁금한 마음이 더 컸기에 길을 나섰다.

선생님 댁 앞에 도착해서 전화를 드리니 기다렸다는 듯이 나오셨다. 우리는 경포대 쪽에 있는 한정식집에서 토속적인 정갈한 음식을 먹었다. 오랜만에 선생님들과 수다를 떨었더니 점심 식사는 꿀처럼 달달했으며 즐거웠다. 오전에 속상했던 기분이 눈 녹듯 사라지고 두 분 선생님 앞에서 나는 종알종알 떠들고 있었다.

식사를 마치고 우리는 바다가 보이는 카페로 자리를 옮겼다. 유명한 커피숍인데다 크리스마스 대목이 겹쳐 주차장부터 만원이었다. 안으로 들어서자 진한 커피 향이 진동을 했다. 자리가 나기를 기다리며 실내를 살펴보았다. 여기저기 커피콩들은 함지박과 소쿠리에 가득 담겨 아기자기하게 진열되어 있었다. 인테리어 가구나 소품들도 유럽식 분위기를 물씬 풍기고 있었다.

한 30여 분을 기다렸을까, 아르바이트생이 다가와 2인용 테이블이 났는데 거기에 앉든지, 아니면 30여 분을 더 기다려야 한다고 했다. 기다리기보다는 그냥 셋이서 보조 의자를 놓고 앉기로 하고 자리를 잡았다. 아르바이트생이 가져다준 메뉴판을 보며 우리는 낯선 커피 이름 앞에서 무엇을 골라야 할지 몰라 그저 눈치만 살피고 있었다. 박 선생님은 달달한 것을 먹고 싶다며 캐러멜 이름이든 커피와 치즈 케이크를 시키셨고, 이 선생님과 나는 어디서 많이 들어본 것 같은 에스프레소, 그것도 더블로 간신히 주문을 끝냈다.

커피숍 안을 둘러보았다. 데이트 나온 연인들과 화이트 크리스마스를 보내려는 젊은 친구들이 가득한 그곳에서 나와 두 분 선생님의 모습은 부조화 그 자체였다. 그러나 우리는 그런 것에 아랑곳하지 않고 저 옛날의 어느 한 시대로 돌아간 듯한 착각에 기분에 한껏 고조되어 너무 즐거웠다.

드디어 우리가 주문한 커피와 치즈 케이크가 나왔다. 그런데 석 잔 중 박 선생님 커피는 커다란 머그컵에 잔뜩 넘칠 만큼 담아 왔는데, 나와 이 선생님의 커피는 간장 종지만 한 아주 작은 컵에 담겨 있었다. 메뉴판을 보고 에스프레소 더블이라는 글귀에 더블이 두 배라 왠지 더 많을 것 같아 그것을 선택했는데 말이다.

"아니 뭐야? 왜 이리 작아? 그런데 왜 더블이라고 이름 붙인 거야?" 약간 불만이 있었지만 우리 둘은 그래도 분위기를 잡고 그 커피를 마셨다. 그러나 입을 대는 순간 나와 이 선생님은 동시에 '윽' 소리를 내며 휴지를 입에 가져가 뱉고 말았다. "무슨 커피가 이리 쓰지? 아 너무 쓰다. 생전에 태어나 한약만큼 쓴 커피는 처음일세, 아휴~ 못 먹겠지?" 하며 인상을 찌푸리는 이 선생님을 보시더니 박 선생님도 뭔데 그리 쓰냐며 찻숟가락으로 한 스푼 떠서 맛을 보시더니 "와우~, 뭐 잘못 나왔나 보다." 하시며 인상을 찌푸리셨다.

아르바이트생을 불러 물을 더 달라고 주문하며 "무슨 커피가 이리 쓰죠?" 하고 물었더니 빙그레 웃으며 "저, 이건 원래 이렇게 드시는 건데요." 하며 돌아섰다. "아무리 그래도 그렇지, 너무 쓰다. 못 먹겠다." 우리가 쓰다고 설탕을 달라고 했더니 시럽이라고 하면서 참새 눈물만큼 가져왔다. 시럽을 있는 대로 들이부어도 에스프레소는 여전히 쓰기만 했다. 물을 더 붓고, 시럽을 더 달라고 해서 부을수록 커피 맛은 이상하게 변해갔다. 그리고는 아르바이트생을 불러 세워 무슨 이리 쓴 커피를 주냐며 불평을 늘어놓자 아무런 설명도 안 하고 바쁘다는 핑계를 대며 원래 그렇게 먹는 거라고 짜증만 내고 갔다.

우리는 크리스마스 날 이게 웬 낭패냐며 잘못 왔다고 값만 비싸고 바가지 썼다고 푸념을 하고 있었다. 우리의 이런 모습을 지켜보던 옆 테이블의 젊은 부부 중 남자가 다가오더니 에스프레소에 대한 설명을 자세하게 이야기해 주었다. 우리는 그제서야 소동을 멈추고 급히 앞에 놓인 케이크를 입에 넣었다.

커피와 달달한 치즈 케이크의 맛은 환상적이었다. 나는 속으로 이 맛에 다들 줄을 서는구나 하고 마음을 가라앉혔다. 케이크로 간신히 쓰디쓴 입맛을 달랜 우리는 그곳을 서둘러 빠져나왔다. 그도 그럴 것이 그 많은 젊은이들이 그렇게 앉아서 쓰다고 투덜대며 시럽과 물을 연신 쏟아붓는 우리의 모습을 지켜보며 킥킥거렸을 생각을 하니 뒤통수가 간지러워서 더 이상 자리에 앉아있기가 머쓱했다. 그날 눈 속을 한 시간 정도 운전하며 돌아오는 내내 나는 에스프레소의 그 쓴맛을 떠올리며 혼자 미소를 지었다.

그날 이후 눈 오는 날이거나, 커피숍에 갈 일이 있으면 에스프레소라는 이름은 나에게 빙그레 미소를 띠게 해주었다. 더구나 이제는 그 에스프레소의 맛에 익숙해져서 어디를 가든 즐겨 마시는 단골 메뉴가 되었다. 집에서도 아침 청소를 하며 내가 좋아하는 차이스코프스키의 음악 〈백조의 호수〉를 집안이 쩡쩡 울리도록 틀어놓고 이 커피 향을 음미하면서 마시곤 한다. 이제 에스프레소의 그 진한 커피 맛은 나의 엔도르핀 같은 존재가 된 것이다.

하지만 이젠 나를 사랑해 주셨던 그분들을 뵐 수 없음에 때론 미소 속에서 아련한 슬픔이 전해지곤 한다. 가끔 바다가 보고 싶고 친정이 그리울 때 갔던 강릉, 그 속에서 뵈었던 따뜻한 언니 같았던 그분들을 이제는 뵐 수가 없다. 속상하다며 달려 나가 하소연을 하면 등을 토닥거려 주시며 "애썼다. 애썼어." 해주셨던 분들. 때로는 등처럼 기댈 수 있다는 것이 얼마나 좋은 일이었는가를 새삼 느낀다.

어느 선생님의 강의에서 야구의 정현욱 같은 중간 계투 투수인

미들맨, 축구의 박지성처럼 공격수를 뒷받침하는 미드필더, 유명한 영화와 배우를 뒷받침하는 스태프의 이야기를 보여주며 우리에게 '에스프레소' 맨이 되라고 당부했던 것이 생각이 났다.

우리가 카페 메뉴판에서 보는 모든 커피의 이름은 에스프레소에서 시작된다. 흔히 마시는 아메리카노나 라떼, 기푸치노 그리고 카페모카 같은 모든 커피는 에스프레소가 기본이 되는 것이다.

과연 나는 내 주변 사람들에게 에스프레소 같은 사람이었을까? 나도 그렇게 누군가에게 모든 커피의 기본이 되는 '에스프레소' 같은 존재가 되고 싶다. 학교에 가져다 놓은 커피 머신에서 나오는 에스프레소 진한 커피 향에서 두 분의 모습이 더 아른거린다. 참 뵙고 싶다.

뚝방 길

　가끔 난 뚝방 길에 앉아 누렇게 익은 벼와 길가에 핀 노란 들국화, 코스모스를 즐겨보곤 했었다. 어릴 적부터 몸이 자주 아파 미실이, 비실이, 말라깽이, 미숙아, 미숫가루 별명을 갖던 난 여럿이 노는 것보다 늘 혼자 뚝방 길에 앉아 그 노란 들국화랑 이야길 했었다. 잡초 속에서도 꿋꿋이 자라는 그 노란 꽃이 참 부러웠었다. 예쁘긴 하지만 친척 오빠들이 내가 코스모스처럼 가냘프고 하늘하늘해서 날아갈 것 같다고 하는 그 놀림도 싫었고, 보기는 예뻐 보여도 손으로 툭 치면 떨어지는 꽃잎도 싫어 코스모스보다 노란 들국화를 더 좋아했었다.

　어릴 적 거닐던 우리 동네 그 뚝방은 없어지고 새 길이 생겼다. 여기저기 높다란 아파트들이 생겨나고 불빛 현란한 도시가 되면서 나의 그 뚝방길은 없어져 버렸다.

　그렇게 잊고 살았던 그 뚝방길을 요즘 자주 본다. 방과 후 수업을 가기 전 일찍 길을 나선다. 카메라를 들고 여러 컷 찍느라 새로 산 부츠가 진흙탕에 빠져도 난 그 뚝방 길을 따라 어릴 적 꿈에 젖어 행복한 마음으로 걷는다.

언젠가 어느 학교 뒷동산에서 들국화를 보며 좋아라 했었다. 아는 후배는 '이구, 서울 촌닭' 하면서 개망초라고 알려 주었다. 아직 난 알지 못한다. 내가 좋아했던 그 들꽃이 개망초인지 들국화인지, 쑥부쟁이인지 확실히 모른다. 그냥 들에 흔하게 피어 있던 노란색 들국화였다고 생각했었다. 누구에게 물어보지도 않았고, 그것이 들국화인지 개망초인지 쑥부쟁이인지 생각하지도 않았다. 지금 생각해 보면 들국화였던 것 같은데… 그래 살면서도 난 자주 현관 입구에 국화꽃을 사다 그 향기를 맡고 했었다. 그래서인지 향수도 은은한 프로랄 향기를 좋아한다.

어려서 혼자 놀던 내 놀이터 그 뚝방 길의 추억이, 아니 내 안의 것을 나누던 들꽃이라 그럴까 지금도 가끔 꿈을 꾼다. 내가 어느 뚝방 길에서 그 들국화 향기를 맡으며 놀던 꿈을. 그런데 꿈속에서도 잘 놀다가 그 비포장 도로가 포장되는 모습이 보인다. 커다란 포클레인, 인부들의 모습, 커다란 덤프 트럭에 자갈들이 잔뜩 실려 있고 요란한 굉음을 내며 비포장 도로를 감추고 있는 모습. 그 한쪽이 덜 되어 조심조심 반쪽 비포장 도로를 걷다가 깨곤하는데 아마도 그 뚝방 길에 대한 미련 때문이니라.

내가 살던 예전 집 마당은 흙이었다. 지금 다니는 성당 마당도 흙이었다. 평일은 먼지가 많이 나고 비가 오면 흙탕물로 차서 더러워지고 옷에 혹여 묻기라고 하면 빠지지도 않는다. 질퍽질퍽 불편하기도 했다. 그런데 요즘은 그 흔한 흙 마당은 보기 어렵고 흙집 흙 색깔의 황토도 보기 힘들다.

난 참 꿈도 많았었다. 내가 집을 지으면 황토색 흙담과 구들방으로, 온통 흙으로 지은 집에서 살겠노라고 했다. 다들 미쳤냐고 하지만 그 꿈은 아직도 변함이 없다. 더구나 한동안은 웰빙, 웰빙하면서 흙으로 집들을 짓느라 유행이 된 적도 있었다. 그러면 날 놀리던 친구들에게 '봐봐, 난 다 선견지명이 있었다'고 큰소리치기도 했었다. 황토 찜질방, 머드팩도 유행했고 그렇듯 흙을 찾는 이들이 많아졌다. 그렇다면 난 어릴 적부터 그런 생각을 하고 살았으니 나야말로 순수한 토종 웰빙족 아닌가.

그런데 지금은 쇳소리 나는 아파트 안에서 몸을 굴리며 시멘트 도로를 주행하며 살고 있다. 언젠가부터 내 몸이 이상해졌다. 다리에 벌레 물리듯 발갛게 부어오르더니 만지면 너무 아프다. 한두 군데도 아니고 하도 여러 군데 나다 보니 처음에는 뭔 모기가 이렇게 나를 물었나 싶어 계속 약만 발랐었다. 그런데 낫지 않고 자꾸 아프고 발갛게 부어오르면 미열도 있고 오래 서 있기도 힘들고 맥알머리가 없곤 했다. 팅팅 부어 있는 다리를 보고 이상하다 싶어 내

과를 가 검사를 해보고 나중에는 피부과를 가니 자가 면역질환이
란다. 환경문제에서 빚어지는 요상한 병에 걸렸단다.

면역성이 떨어지면서 얻어진 병. 꼭 무성하게 4월의 벚꽃이 피
는 날이면 난 그 병에 걸린다. 약을 오래 먹다 보니 살이 찌고, 안
먹으면 힘이 들고, 남들은 나잇실이고 살이 쪄서 좋다고 하지만 난
약으로 찐 이 살이 더 서글프다. 조금만 힘들게 일하면 다리는 팅
팅 붓고, 미열이 나면서 감기인 듯 약간의 기침이 난다. 그리고 다
리에 모기에 엄청 물린 듯 생기는 반점들. 늘 긴 치마를 입고 다녀
공주병이라고 놀림 받았는데, 이제는 다리를 내놓지 못하고 다닌
다. 내가 아끼고, 아끼고 두었던 예쁘고 짧은 치마를 못 입은 지 오
래됐다.

해마다 그 병에 시달려 몸살을 앓고 고된 날은 아침에 일어나지
도 못한다. 그러는 나에게 누가 보면 늘 게으르다 할 것이고, 아침
에 눈을 뜨지 못하는 병자 아닌 병자인 내가 오래 걷다가 힘이 들
어 주저 앉아 쉬면 뭐가 힘드냐고 '무늬만 삼십, 몸은 육십'이라고
놀리던 그때도 난 아팠었다.

오래도록 걷기를 좋아했던 나, 서울서 살면서 내 아지트인 광화
문에서 종로까지 그 동네를 걷고 걸었던 나, 유난히 걷기를 좋아하
는 난 이제 오래 걷지도 못한다.

'운동도 심하게 하지 마세요. 힘들면 무조건 쉬세요. 큰일납니

다.' 의사 선생님의 말씀이었다. 내 몸을 돌아다니다 나의 가장 약한 부위에 가서 염증을 일으키는 무서운 병에 난 해마다 시달린다. 보기에 멀쩡해 보이지만 알게 모르게 약을 달고 사는 난 하루가 힘겹다. 아무리 먹어도 살이 찌지 않던 내 몸이 언젠가부터 약으로 인해 살이 찌니 무섭다는 생각이 들어 약을 끊고 견디어 보려고 하지만 힘들다.

이 모든 것이 환경에 의한 것이라고 한다. 이산화탄소의 양이 급속히 증가하면서 대기층이 두꺼워지고 산소의 양이 점점 줄어들고 도시는 온통 대기오염으로 어둠에 쌓인다. 이런 환경 변화로 동해에서 잡히던 명태가 사라진 지 오래다. 서해안에서 오징어가 나와 오징어잡이로 난리다. 세상이 뒤집히고 있다. 여기저기 환경운동가들이 나서서 환경오염을 줄이자는 운동을 펼친다. 그러나 이미 지구는 병들어 가고 있음을 우리는 지금 느끼고 있다. 그래서 나는 쓰레기 분리수거를 철저히 하고 있다. 내가 이렇게 환경오염의 피해자의 산증인으로 살고 있기 때문이다.

(갈뫼 38호)

그리움으로 벗어 던지고

  내 가슴속에 늘 그리움으로 남아 있는 멋진 남자가 있었다. 그는 늘 인자한 모습으로 나를 그윽하게 바라보았고, 어린 내 눈에는 그가 늘 멋있었다. 그는 항상 깔끔한 옷차림이었고 양복이 잘 어울리는 남자였고, 집을 참 잘 고치는 만능 재주꾼이었다. 늘 하얀 운동화를 신고 다녔고 몸은 날렵했다.

  얼큰하게 취한 날이면 그는 주머니에서 땅콩을 한 줌씩 꺼내 주었고, 어떤 날에는 내 손에 맛난 센베 과자봉지를 쥐여 주었다. 가끔은 집안 뜰에서 채송화도 키우고, 여러 가지 채소를 가꾸는 그의 등 뒤에 매달리기도 하고, 어깨에 기대어 잔소리를 자장가처럼 들으며 잠이 들기도 했다. 저녁 어스름 해가 지는 시간이면 그가 연주하는 기타 소리와 노랫소리를 들으며 내가 원하는 노래를 신청하기도 했었다. 배가 아프면 배를 살살 문질러 달라고도 하고 업어 달라고 떼를 쓰기도 했다. 그럴 때마다 말 한마디 없이 그는 나의 아픈 배를 살살 문질러 주고 그리곤 등을 내주곤 했다. 또 가끔은 그의 손을 잡고 영화도 보러 가고, 가끔은 시장을 한 바퀴 돌면서 이것저것 사달라고 떼를 쓰기도 했었다.

손재주가 남달리 뛰어나 집안의 모든 수선은 그가 했다. 부서진 내 책상다리도 고쳐 주고, 가끔은 동네의 부서진 모든 기물들도 무료로 고쳐 주고, 때론 그의 것도 나누어 주기도 했었다. 남의 부탁을 잘 거절하지 못해서 독한 진달래술을 주는 대로 먹고 길거리에 쓰러져 있는 바보 같은 그를 내가 부축해 오기도 했다. 그러는 그가 죽을까 봐 동네 아주머니한테 녹두죽을 달라 떼를 써서 살려내기도 했었다.

전축을 틀어놓고 혼자 노래를 따라 부르면 나는 그의 발등에 올라가 그의 배에 매달려 블루스를 추기도 하고 같이 손을 잡고 춤추자고 부추긴 적도 꽤 있다. 또 동네잔치가 있으면 손목을 억지로 잡아끌어 구경 가서 앞자리에 앉고 싶다고 억지떼를 썼다. 어른이 신는 뾰족 구두(요즘 하이힐)를 사달라고 해 어린이용 뾰족 구두를 맞춰 신고 절뚝거리며 신고 다닌 적도 있었다.

그 멋진 남자는 나의 아버지이시다. 내 가슴속 한켠에 담겨 있는 그 멋진 남자가 생각난다. 계절 중 4월이 오면 유난히 아버지가 생각나고 그에 대한 그리움으로 가끔은 베개를 적시며 울기도 한다. 지금은 아버지를 위해 기도하며 잊으려고 애쓰고 있다. 예전만큼의 그리움과 애달픔은 아니지만 어김없이 4월이 오고 눈이 부시게 푸르른 날은 아버지가 너무도 그립다.

속초의 4월이면 어김없이 봄은 찾아왔다. 설악산 입구에 만발한 벚꽃들이 겨울의 눈꽃만큼이나 눈이 부시다. 그림 도구를 챙기고 낭만에 젖어 거리를 달려간다. 하늘의 푸르름과 눈부시게 아름다운 설악산을 겨울에는 눈으로 그리고, 봄에는 벚꽃으로 이 거리를 여행한다. 봄빛이 참 아름답고 푸르다. 하늘을 올려다보았다. "눈이 부시게 푸르른 날 그리운 사람을 그리워하자" 서정주 님의 「푸르른 날」이 생각났다.

오래전 이렇게 봄빛이 푸르른 날에 아버지는 돌아가셨다. 신록이 넘치고 온통 도시가 새 날개 돋음을 하고, 따스한 공기 속에 꽃들이 숨을 쉬는 눈부시도록 푸르른 날에 그는 먼 길을 가셨다.

아버지는 유난히 벚꽃을 좋아하셨다. 살아생전 벚꽃놀이는 몇 번이나 가셨을까? 딸이면서도 한 번도 헤아려 보지 못했다. 오늘 설악산 입구에 북적거리며 즐기는 사람들을 보고 있으니 가슴이 더 아파온다. 속초의 이 아름다운 설악산 구경도 못시켜 드렸는데 진즉에 이곳이나 모시고 와 보지 못한 것이 후회가 되었다. 점점 더 많아지는 인파를 보니 마음이 심란해졌다.

그림을 다 그리고 일행들과 짐 보따리를 싸서 돌아오는 길은 유난히 차가 밀렸다. 벚꽃 구경 인파 때문에 밀리는 것은 당연한 것인데도 빨리 그 인파 속을 빠져나오고 싶은 마음뿐이었다. 집에 돌아오니 이 생각 저 생각에 무리를 한 탓에 저녁 내내 온몸이 신열이 오르고 아팠다.

고등학교 2학년 때도 이렇게 심하게 앓았었다. 그날도 이렇게 4월이 시작되는 시기였다. 열이 39도 8분으로 오르고 있는 내 이마를 짚고선 "오뉴월에는 개도 감기 안 걸린다."며 봄빛에 감기가 걸려 끙끙 앓고 있는 딸에게 미움 반 안쓰러움 반으로 아버지는 야단을 치셨다. 그 전날 친구들과 창경원 벚꽃놀이를 하며 밤이 늦도록 야경 속의 벚꽃을 구경하느라 걸린 감기였다. 난 그날 얇은 교복을 입고 화실에서 그림을 오래도록 그리다가 늦었다고 거짓말을 했다. 이적지 토해 내지 못한 나만의 비밀이었다. 그 열에 학교도 못 가고 누워 있는 나에게 던진 아버지의 말씀 "오뉴월에는 개도 감기 안 걸린다." 내 잘못을 아셨을까? 내 거짓말을 아셨을까? 연신 오뉴월을 말씀하셨던 아버지한테 난 그 아픈 와중에도 "지금은 오뉴월이 아니야, 오뉴월이 아니야" 했단다. 그래, 그때는 기온 차가 심했던 4월이었으니까.

창밖의 4월이 향이 짙어지던 날 벚꽃이 활짝 피고, 목련이 거리마다 어우러져 피던 대낮에 열병을 앓았던 난 꼭 이맘때가 되면 그 뜨거운 이마를 짚어 주시던 아버지의 손길이 생각난다.

그 어릴 적 창경원 벚꽃은 여기 속초 벚꽃과 비교할 수 없으리만큼 아름답다. 여기 속초는 설악산의 영향으로 밤낮의 기온 차가 아주 심하다. 그래서 벚꽃이 빨리 피고 빨리 진다. 일주일도 채 넘어가지 않고 져버리기 때문에 기회를 놓치면 설악산의 벚꽃은 구경하기 어렵다. 요즘은 오색찬란한 조명을 설치해서 밤에도 그 모습은 설악산과 어우러져 소리 없는 야상곡의 무대가 펼쳐진다.

그 아름다운 벚꽃을 난 이렇게 해마다 만끽하고 있는데 아버지는 어디 계신 걸까? 해마다 이렇게 벚꽃이 피는 날이면 늘 남몰래 눈물로 가슴을 적셔야 했다. 이 아름다운 설악산의 벚꽃을 보셨다면 얼마나 좋아하셨을까? 살아계신다면 꼭 한 번만이라도 아버지와 손 꼭 잡고 이 눈이 부시게 푸르른 날에 이 환상적인 아름다운 날을 맞이하고 싶다. 아버지와 그곳에 가보고 싶다.

올해도 어김없이 4월은 찾아왔다. 갑자기 걸려 온 지인의 전화. 벚꽃놀이를 가자고 했다. 맛있는 밥도 먹고 곳곳마다 사진도 찍고 포즈도 취했다. 깔깔거리며 벚꽃이 휘날리는 하늘을 보면서 아버지를 생각하지도 않았다. 눈물이 나지도 않았다. 그저 지인들과 웃고 떠드느라고 까맣게 잊고 있었다. 수업 때문에 더 즐기고 싶은 맘을 억누르고 그 길을 돌아 나왔지만, 그날은 나에게 잔인한 4월이 아니었다. 저녁에 집에 돌아와 보니 여러 통의 전화가 와 있었다. 무음으로 해놓았던 전화라 듣지를 못했다. 까마득히 잊고 있던 4월의 아버지 제사, 곧 다가오는 제사 때 서울에 올 수 있냐는 친정 엄마의 전화. 이렇게 난 세월을 잊고 있었는데…

그래 올해는 꼭 아버지 제사를 모시러 가자. 해마다 제사도 제대로 가지 못했던 그 마음에 나의 4월은 그리 잔인했던 것은 아닌지? 그리 슬펐던 것은 아니었을까? 올해는 꼭 그 잔인한 4월을 잊고 오자.

그리움을 벗어버리고 오자.

일상 속의 슬픈 흔적

봄빛이 그윽하게 거리를 메꾸는 것 같더니 황사 바람이 눈 앞을 가리고 변덕스러운 날씨다. 친정아버지 돌아가신 삼우제 날이 기억난다.

그날은 새벽에 고속버스를 타고 서울에 도착해서 전철과 시내버스, 택시까지 갈아타고 용미리에 도착했었다. 동생이 너무 멀어 힘드니 마중 나온다는 것을 마다하고 난 그냥 혼자 그 길을 걷고 싶었다. 그 먼 길을 홀로 걸었다고 자책감이 사라지는 것도 아닌데, 그냥 그렇게 걷고 싶었다. 발뒤꿈치가 서서히 아파 오기 시작했다.

아버지께 국화꽃을 드리고 싶어서 고속버스에서 내리자마자 상가를 다 뒤져서 산 대국 5송이는, 버스 안에 매달려 이리저리 사람들에 치이고, 봄볕에 오래 걸어서인지 벌써 시들어 가고 있었다. 아버지가 묻힌 용미리 납골당은 대국 다섯 송이를 드릴 곳이 없어 차가운 대리석 옆 좁은 난간에 겨우 꽂아 놓았다.

'아버지 좋은 세상 가세요!'

엎드려 절하고 나니 온몸에 기운이 다 빠지는 듯했다.

우리 모두 언젠가는 떠나가야 할 이 세상. 아버지께서 먼저 가야 할 길을 가셨다지만 이렇게 쓸쓸함이 도는 건 무슨 이유일까? 만물이 소생하는 이 화창한 봄날에 먼 길을 가셨기 때문일까? 고개를 들어 주위를 둘러보니 묘지들은 초록으로 가득 차 있고 눈부신 봄빛에 어지러움이 하늘을 찌른다. 슬픔이 가슴 속 위통처럼 아려왔다.

돌아가시기 전날 꿈속에서 그렇게 보고 싶다고 야단을 치셨는데 난 아버지의 임종을 못 봤다. 살아생전 딸의 모습을 한 번이라도 더 보고 싶어 하는 아버지의 소원도 못 들어 드리고, 이제서야 이곳에서 목 메인 울음으로 아무리 아버지를 불러보아야 슬픔만 가득 찰 뿐 아무런 소용도 없다.

'돌아가셨어, 정말 아버진 더 이상 볼 수가 없어.'

혼자만의 되새김으로 슬픔을 억누르며 한참을 혼자 서성거렸다. 다리가 아파서 서서히 짜증이 날 즈음 멀리서 식구들이 도착했다. 내가 일찍 나온 생각은 안 하고 왜 이렇게 늦었냐고 동생들에게 괜한 투정을 부렸다. 차가 생각보다 많이 밀려 늦었다고 미안해 하는 동생과 눈을 마주치니 아버지가 더 보고 싶고, 수척해진 식구들을 보자 나도 모르게 울음이 나왔다. 덩달아 어린 조카 녀석들도 울고 그저 이곳은 눈물, 눈물뿐이었다. 우리도 다른 이들처럼 제를 지내고 한바탕 곡소리로 또 한 번 아버지의 죽음을 실감 하며 눈물로 가슴속 서러움을 토해 냈다.

한참을 울고 나서 마음을 추스르고 둘러보니 온통 검은색의 옷을 입은 사람들의 울음소리가 가득하다. 또 다른 곳에선 울음을 잠재운 침묵들, 헝클어진 머리칼과 허여멀건 색의 얼굴들만 가득 차 있다. 내 모양새도 같을 것 같아서 옷매무새라도 고쳐보려고 얼른 화장실로 가 내 모습을 보았다. 아니나 다를까. 밤새 잠 못 이뤄 눈은 퉁퉁 부어 있었고 핏기 없는 몰골은 멍해 보였다. 그들이나 나나 그 속에서 뒤엉킨 모습이다. 누구에게 잘 보이려고 이 와중에… 하지만 추한 내 모습이 싫어 머리에 물기를 묻혀 만지고 나오니 살 것 같았다.

그렇게 제를 지내고 집으로 돌아오는 길에 식구들과 저녁을 먹으러 갔다. 다들 지친 몸이라 집으로 돌아가 뭘 해먹기도 귀찮아 저녁을 먹고 헤어지기로 하고 가까운 음식점으로 갔다. 무얼 먹을까 메뉴를 정하기도 전에 다들 고기를 먹자고 한다. 울음을 토해내던 시간도 잊고 허기진 배를 채우느라 먹기 바쁜 내가 위선자 같았다. 배고픔은 슬픔조차도 잊게 하고 있었다.

무서우니 하루 더 자고 가라는 엄마의 애원에도 불구하고 애들 때문에 안 된다고 발목을 잡는 엄마를 뿌리치고 고속버스 터미널로 향했다. 터미널에 도착해 버스를 기다리다 문득, 온 김에 아이들 옷을 사 가야겠다는 생각이 들어 상가를 한 시간 이상 헤매고 다녔다. 여기저기 기웃거리며 이 옷이 좋을까 저 옷이 이쁠까, 고르고 또 고르면서도 가슴 한구석에는 그냥 두고 온 엄마 때문에 마음이 아파왔다. 엄마의 무서움을 외면한 채 딸이란 것은 내 자식에게 예쁜 옷을 사 줄 생각만으로 정신을 잃고 있다니… 결국 아이들 것은 하나도 못 고르고 내 신발과 치마 하나를 샀다. 이 이기스러운 시간은 결국 나를 위한 것이었나? 자꾸 밀려오는 아버지에 대한 슬픔 때문에 무언가 넋이 나간 것일까? 이 상황에 쇼핑이라니… 시간을 보니 버스도 놓칠 뻔했다. 막상 버스에 올라 타 자리를 잡고 나니 엄마에 대한 죄스러움이 목구멍까지 치밀어 올라 왔지만, 마음과 달리 지친 몸뚱아리는 나를 깊은 잠 속으로 빠져들게 하고 있었다.

집에 도착해 하루 못 치운 집을 대강 치우고 산더미같이 밀린 빨래들을 정리하고서야 전화를 드렸다. "엄마 나 집이야." '엄마 죄송해요.'라는 소리가 목젖까지 올라왔지만 힘들고 말이 길어질까 봐 얼른 전화를 끊었다.

다른 친구들이 친정 부모 돌아가셨다고 했을 때 난 그저 '그렇구나' 했었는데… 나도 이젠 정말 아버지가 안 계신다. 아버지란 그리운 이름도 다시는 부를 수가 없구나. 밀려오는 슬픔이 다시 가슴 한구석을 저리게 했다. 아버지에 대한 그리움과 엄마에 대한 죄스러움 때문에 잠은 오지 않을 것 같아 베란다 밖을 내다보았다. 환한 달님도 내 마음을 아는지 오늘따라 유난히 밝다.

아버지의 모습이 떠올랐다. 아버진 정말 점잖으셨고 깔끔하신 모습에 동네 멋쟁이로 불리셨다. 우리를 키우시는 동안 소리 한번 지르지 않고 매 한번 들지 않으셨다. 언세나 조용하시고 인자하신 모습으로 우릴 대해 주시던 아버지…

'시간이 갈수록 아버지에 대한 그리움의 비중도 작아질 거고 산 사람의 삶은 어쨌 건 지속되어 질 테고, 엄마는 다음에 가서 좋아 하시는 청국장 끓여 드리면 되고…' 하면서 죄스러움을 애써 합리 화하고 나는 또 바쁜 내일을 핑계 삼아 잠을 청했다. 그렇게 돌아 오는 일상들을 위해서 우리의 시간이 흐르고 있기 때문이다.

오늘 나는 고속버스 터미널 상가에서 옷을 구경하고 있다. 유독 그날의 기억이 생생하다. 지금은 희미하게 잊혀진 아버지의 모습 도 기억에서 멀어져 간다. 누구나가 그렇게 모두, 일상 속에서 흐 린 기억으로 살아가고 있다.

마흔이란 이름으로

나이를 먹는 것은 세월을 먹는 것이라고…

"생각하면 늙는다는 게 꽃보다 강렬해 落花에 새겨진 필체는 사뭇 정감이 있지. 때론 관중을 선택한다는 것을 비로소 알 것 같아."

(김규린 님의 「박제」에서)

아침에 신문에 실린 詩를 읽다가 마음에 와닿으면 곱게 오려서 식탁 유리 밑에 넣어 두고 읽곤 한다. 나이를 먹는다는 것을 느낀 것은 삼십 대 중반을 넘어서이다. 유전적인 이유인지 서른셋부터 새치가 보이기 시작했고, 미용실에 가면 젊은 것이 새치가 있어 큰일이라며 동네 형님들이 걱정을 해주던 삼십 대가 엊그제 같건만 不惑之年의 나이를 넘고 말았다.

서울에서 오랜만에 동생이 놀러 왔다. 도착했다는 전화를 받고 주차장에 뛰어 내려가 보니 동생이 대뜸 "언니 왜 그렇게 늙었어?" 하는 것이 아닌가.

"내가 어디가 늙어?"

"아니야, 아니야, 그 이쁜 언니가 늙었다. 세월에 장사 없다더니 우리 언니도 나이를 먹나 보네." 쯧쯧 한다.

거울을 보며 화장할 때마다 늙어가고 있음을 나도 알고 있었지만 막상 오랜만에 본 동생에게 듣는 늙었다는 소리가 썩 반갑지는 않았다. 눈 밑에 쳐진 반달 모양의 주름, 하얗게 스물스물 자라 나오는 흰머리, 갈라지는 발꿈치, 늘어만 가는 뱃살. 온몸에 살점 덩어리들이 덕덕 붙는 느낌도 갖는다.

지금은 영양제니 뭐니 해서 얼굴부터 손발을 비롯한 온몸에 바를 수 있는 좋은 화장품이 많이 나와 있어 관리하기 나름이고, 성형수술로도 얼마든지 고칠 수 있지만 옛날 우리 어머니 시절에는 구르므, 콜드크림이 최고의 화장품이었다.

발 크림이라곤 상상도 못 할 시기라 오래된 크림으로 발 마사지를 하시던 어머니의 발꿈치를 바라보며 "엄마, 왜 그렇게 발꿈치가 까끌까끌 해?" 했었다. 그러면 "응, 늙어서 그래." 이 대답뿐, 더 이상의 말씀은 안 하셨다. 그렇게 세월이 지나 어느 날 똑같이 우리 딸아이가 물었다. "엄마, 발이 왜 그래?" "응, 늙어서 그래." 나도 벌써 그 시대 어머니의 나이가 되었다.

텔레비전에서 선전하는 트라스트 관절염 약이 나오는 상관이 없어 보였고 어디다 쓰는 약인지조차 관심을 보이지 않았다. 그런데 가끔 다리가 시큰거리기도 하고, 관절염 골다공증 등으로 우리 몸에서 영양분이 빠져나간다는 소리에 귀가 솔깃해져 생전 먹지도 않던 영양식품을 골라보기도 하고, 칼로리 때문에 안 먹던 흰 우유까지 하루도 안 빠지고 먹고 있다. 전철 안에서 우산을 들고 옆에 놓으면 이십 대이고, 두 다리 사이에 지팡이처럼 끼고 있으면 사십 대라며 사십 대를 놀리던 시절도 있었는데 말이다.

딸아이와 서울 나들이를 갔었다. 여기 속초에서는 이동 거리가 멀지 않고 움직여도 차로 이동을 하기 때문에 오랜만에 전철을 타고 서 있으려니 많이 힘들었다. 자리가 있나 살피느라 내 눈은 가자미눈으로 변했고, 재빨리 자리가 나면 뛸 태세로 내 다리는 이미 완전 무장을 한 상태였다. 노약자 보호석이 비어 있었다. 서 있기 너무 힘들어서 딸아이에게 임시방편으로 가서 앉자고 했다. "엄만~" 하면서도 내심 저도 힘든 눈치라 마지못해 앉았다. 그렇게 실컷 앉아 오고는 전철에서 내리면서 하는 말이 "이그~ 우리 엄마도 이제 완연한 아줌마 티가 나네. 친구들이 젊은 엄마 같다고 좋아했는데, 이젠 그것도 아닌 듯싶네."

가슴이 철썩 내려앉는다.

나이를 먹는다는 건 자연스러운 거라며 맞이할 준비가 되어 있었는데, 딸도 그렇고 동생이 늙었다고 하니 슬퍼서 '너도 나이를 먹어 봐라' 했다.

언젠가 외출하기 위해 옷을 열 번도 더 갈아입으며 온통 옷장을 뒤진 적이 있다. 갈색 벨벳 윗도리에 갈색 나팔바지를 입고 양말도 갈색빛으로 신고 화장을 했다. 눈가에도 갈색 새도우, 갈색 부츠에 갈색 가방에 온통 갈색으로 치장하고 거울을 보니 너무도 흡족스러웠다. 이런·내 모습에 만족하는 미소를 짓고 아파트 밖을 빠져나오려는 순간, 경비아저씨가 경비실 입구에 주워다 놓은 전신 거울 속 내 모습이 비친다.

거울 속에 비친 내 모습은 너무도 어색하다. 옷은 애들스럽고 얼굴은 화장기가 먹지 않아 푸석푸석, 머리는 흰 새치가 쭈빗쭈빗 빠져나와 있고, 발은 반쯤 빠져나와 밖으로 향하고 뒷발은 아직 떼이지 못하고 언밸런스하다. 그냥 갈까 다시 갈아입을까 갈등을 하다 친구들과의 약속 시간 때문에 시계를 보며 차 시동을 걸고 그냥 거리로 나갔다. 부랴부랴 약속 장소로 뛰어 가는 길가 건물 유리에 비치는 내 모습을 보고 다시는 이 옷을 입지 않으리라 생각했다.

지나는 사람들이 다 나만 바라보는 것 같았다. 하지만 아무도 나를 바라보는 이는 없었다. 속이 상했다. 10년만, 아니 5년만 젊다면 빽 청바지를 입어도, 허여멀건 티 쪼가리를 걸쳐도 부끄럽지 않았을 텐데… 약속 시간이 아직 7분이나 남았는데도 괜스레 오지 않는 친구들만 원망하며 그 짧은 시간 동안 별의별 생각을 했다.

난 머리 염색을 자주 해서인지 눈도 노화 현상이 빨리 왔다. 원래 근시가 있는 데다 몸이 많이 아프고 나서 시력이 갑자기 떨어졌다. 그래서 검사를 하니 돋보기를 맞추란다. 하긴, 원래 몸도 약하고 산에도 잘 오르지 못해 무늬만 30대이고 온몸이 60대라고 주위에서 놀리기도 했었다. 아들 녀석에게 엄마가 이제 나이를 먹어서 오래 책도 못 보고 글도 못 쓰게 되어서 돋보기를 사 왔다고 했더니, 아들은 울먹이면서 "그래도 우리 엄마는 이뻐요" 하고 안아주어 위안이 되었다.

어릴 적 나이 드신 분이 유행가 가사를 부르며 흥얼거릴 때, "야휴~ 무슨 저런 노래를 부르나." 했던 내가 언제부터인가 트로트 음악이 귀에 들리고 그 노래 가사가 가슴에 와닿기도 한다. 삼십 대에는 사진 속의 내 나이가 잘 가늠되지 않았는데 사십이 되니 내 나이가 가늠이 된다.

어느 책에선가 나이를 별에 비유한 글을 읽은 적이 있다. 30대는 火星이어서 용감하고 강직하고 굳세어서 투쟁을 일삼고, 40대는 네 개의 조그마한 유성이 장악하고 있기 때문에 생활의 범위도 확대되고 그 가운데 체레스(ceres)의 도움을 받아 프루기(frugi)가 꼭 화려한 외모보다는 실속을 차리게 된다고도 한다. 50대는 木星으로 새로운 세대에 대해 자기의 감정을 자각하여 경험과 지식이 풍부하게 되며 주위 사람들에게 권위를 갖추게 되며 남의 명령을 받으려 하지 않는다고 한다. 점성술에서 이야기한 별에 깃들여진 인간의 한평생이란 어차피 늙어가고 나이를 먹는다는 것이다.

모든 만물이 그러하듯 우리는 세월을 비껴갈 수 없음이라. 그래도 여성이라는 이름으로 자신을 가꾸고 자신의 터전을 꿈꾸는 것이 좋기는 좋다. 물론 자기 관리를 철저하게 하여 아름다움을 내보일 수 있을 때 더없이 좋은 일이다.

한때는 나도 철저하게 내 관리를 하여 허리 25인치의 몸매를 유지해 왔었다. 저녁 6시 이후로는 아무것도 먹지 않는 끈기와 집념으로 관리를 했었다. 그러나 심한 위궤양을 앓아 살이 쭉 빠지면서 눈가에 주름도 생기고 병으로 인해 노화가 생기니 어쩔 수 없었다. 아프고 나니 건강이 최고라는 생각이 들어 먹고 싶을 때 먹기로 결심을 했다.

그런데 얼굴만 찌기를 원하건만, 살이 찌면 배부터 찌고 또 빠질 때는 얼굴만 빠진다. 화가 나게도 말이다. 하긴 살이 빠질 때는 위와 밑에서부터 빠지고 찔 때는 배부터 찐다고 하니 속상한 원리다. 믿거나 말거나지만…

요즘은 참 사는 게 힘들다. 아이들이 커가면서 너나 나나 모두가 경제적인 부담은 점점 커지고 사는 부담도 더 커지고 미래에 대한 걱정 때문에 마음은 점점 조여지고 있다. 하지만 40대든 50대든 더 나이를 먹고 있든 나만이 가지고 있는 색깔을 갖고 살고 싶다.

언제가 잘 아는 선생님과 수업 종강을 하고 술 한 잔을 먹으며 이야기하는데 빤히 나를 바라보면서 말을 한다.

"힘들면서 힘들다 표 내지 않고 밝게 사는 네가 좋다. 넌 말야, 색깔이 있어. 남들이 가지지 않은 아주 독특한 색. 우리 미술을 하는 사람들은 그렇게 색이 조금씩 보여. 그런데 넌 참 독특해 보랏빛 같기도 하고 잿빛 같기도 하고 말야. 아무튼 색이 있어. 그 색을 우리 여자들은 하나씩 갖고 살아야 멋있다. 하지만 힘들지. 살림하랴, 애 키우느랴, 남편 뒷바라지에 그렇게 늙고 자기를 잃어버리고 살지. 그러나 그럴수록 더 노력해서 살아가야 하는 게 여자라고. 더구나 너처럼 40대를 넘어가면서 더 슬퍼지고 더 힘들다고. 지혜롭게 넘기라고."

그래, 힘이 들고 때론 너무 행복해서 나를 잊어버리거나 해도 난 나의 색깔을 잃어버리고 사는 일은 없도록 노력하고 살 것이다. 40대의 색을 더 진하게 갖고 살도록 말이다.

(갈뫼 34호)

엄마 되기

다시 통증이 시작되었다. 너무 아프다. '아프다. 나 살려줘, 나 살려줘' 소리를 질렀다. 그런 고통 끝에 새벽 0시 14분, 아이는 건강하게 나왔다. 3.4kg. 건강한 딸아이가 태어났다. 피부는 뽀얗고 머리는 검고 숱이 많은 예쁜 아가였다. 난 아이를 갖고 열 달 내내 뭘 먹지도 못했다. 입덧이 심해서 과일로 배를 채웠다. 그리곤 끄덕하면 병원 신세에, 링거로 며칠을 견디기도 했었다.

만삭이 돼서야 겨우 뭘 먹을 수 있었다. 그것도 엄마가 쟁반 채 머리에 이고 날 위해 날라다 주신 설렁탕만 먹어댔다. 나를 바라보는 엄마의 눈가에 눈물이 고여 있었다. 그동안 살면서 속도 많이 썩인 것 같고, 엄마를 많이 슬프게 했는데… 눈물이 나왔다.

"애 낳고 울면 눈 나빠진다. 울지 마라. 이제 네가 철이 드는 거야. 하지만 아이 키우려면 더 많이 아프고 더 많이 철들어야 하는데, 이것이 엄마가 되었네? 우리 딸이 엄마가 되었어."

그렇게 힘들게 낳은 딸아이가 지금 18세가 되었다. 예능에 소질이 있었고 머리도 좋아 공부도 잘했다. 나름대로 잘 키운다고 키웠는데 아이는 중학생이 되면서 심한 사춘기를 겪었다. 엄마 말은 들으려고도 하지 않고, 좋지 않은 친구들과 어울리면서 초등 때 우등상을 받던 아이가 중학생이 되면서 성적도 점점 떨어졌다.

이상스럽게 삐딱한 행동들만 했다. 매일 지각에 온통 멋만 부리고 학교 생활에 적응을 하지 못했다. 학교 선생님들한테도 불량한 학생으로 낙인이 찍혔다. 다른 아이가 한 일도 우리 아이가 한 것이 되어 벌을 받았다. 이리 찢기고 저리 찢기고 아이는 상처를 입을 대로 입고 힘들어 했다.

그래도 공부는 반에서 15등 내외는 했는데, 모든 선생님들이 꼴찌에서 맴도는 아이로 알고 있었다. 학교에서 읽히는 권장 도서를 읽은 사람이 누가 있나 하고 반 아이들에게 손들어 보라 해서 우리 아이가 손을 들면 선생님은 의아해 했다. 선생님에게 복수(?)하기 위해 백 점을 맞겠노라며 열심히 공부해서 백 점을 맞았는데도 눈도 마주치지 않는다며 선생님이 밉다고 밤새도록 울기도 했다.

한때 선생님의 설득으로 아이가 전교 50등까지 성적을 올려 기쁨을 주기도 했다. 그러나 아이가 또 다른 사건에 휘말렸고, 오해가 빚어지며 아이는 선생님들을 신뢰하지 않게 되었다. 너무나 힘겨워하는 아이를 이곳에 더 이상 두었다간 정신병원에 보내야 할 것 같았다. 아니, 이미 학교에서 아이가 이상하다며 정신 치료를 받아 보라고 권유를 해서 강릉병원 정신과 치료도 받았었다. 당시 의사 선생님은 '아이는 아무런 잘못이 없다. 이 모든 것은 어른들의 잘못이며 지극히 정상이고 똑똑한 아이'라며 이제 그만 오라고 했다. 그런데도 학교에서는 외부 상남 선생을 데려와 아이를 상담받게 했다. 정신병자 취급을 하던 어른들 때문에 아이는 학교가 지긋지긋하다고 했다. 미련도 없다고 했다.

결국은 자퇴를 하라는 권유를 받고 학교를 서울로 옮겼고, 아이는 엄마와 생이별 아닌 이별을 했다. 3학년 말에 전학을 하려고 하니 첫 번째 학교에서는 나와 아이를 5시간 세워놓더니 결국은 이런저런 핑계로 아이를 받아 주지 않았다. 교육청에 가서 이야기했더니 교육장이 어려워하면서 원하면 넣어주겠다고 한다. 그러나 받아주지 않는 학교에 가서 아이 고생시키지 말고 더 좋은 기독교 법인인 사립학교로 추천을 해 줄 테니 그리로 가라고 했다.

첫 번째 학교에서 퇴짜를 맞고 서울 지하철역 안에서 아이와 나는 울어야 했다. 그리고 간 두 번째 학교 앞에서 아이와 손을 잡고 기도를 했다. 그 덕분일까? 다 퇴근하고 아무도 없어서 포기하려고 했는데 다행히 담당 선생님이 계셨다. 그 담당 선생님이 자신이 담임이 될 거라고 하셨고, 마침 미국으로 이민을 간 아이가 있어 자리가 비어 있다고 했다. 선생님은 빨리 일을 처리해 주시고 이민

간 아이가 입던 교복이 아주 깨끗하다며 새로 사지 말고 입고 졸업
하라고 했다. 일이 정말 순조롭게 진행되었다.

아이는 학교가 속초의 K대 보다 터 크다고 하면서 좋아했다. 속
초와는 달리 중·고등학교가 같이 있어 시설도 좋았다. 무용실도
있어 커다란 전신 거울 앞에서 무용을 배운다고 좋아했다. 그리고
머리를 이상스럽게 하고 다니는 아이들도, 교복을 줄여 입는 애들
도 없이 다들 모범생이라고 했다.

그렇게 하고 다니지 말라는 핀을 꽂고 다녀도 어떤 선생님도 뭐
라 하지 않으니 아이는 심심하고 재미없어 그 핀을 안 하고 다닌다
고 했다. 그렇게 난리를 치며 빼앗기던 운동화도 전학 간 학교에선
신고 다니지 않았다. 굳이 신지 말라 하는데 선생님들의 눈총을 받
으며 신으려 했던 신발을 아이는 왜 신지 않는 걸까? 아이들이 전
혀 신지 않기 때문이다. 어떻게 신지 않게 했을까? 신기함, 신기함
뿐이었다. 문제가 있다던 아이는 멋에 신경도 안 쓰고 평범하게 아
이들과 어울렸다. 아이의 모습은 많이 밝아졌고, 그 난리를 피며
떼놓으려던 아이들과도 연락이 두절되었다. 다행이다 싶었다.

하루는 아이가 다니는 학교가 궁금해서 서울에 가봤다. 엄마랑
더 있고 싶은 욕심에 전날 늦잠을 자 지각을 하게 되었다. 처음 지
각한 것이다. 매일 아침 7시에 학교를 나선다고 했다. 세상에 기이
할 일이다. 속초에서는 지각 대장이던 녀석, 교문 앞에서 이리 치

이고 저리 치이던 녀석이었는데… 그 학교는 좀 달랐다. 교문 앞에서 학생과 선생님이 커다란 몽둥이를 하나 들고 팔짱을 끼고는 지각하는 아이들에게 눈짓으로 고개를 까딱하면서 왜 지각했냐고 묻지도 않고 옆으로 가라는 표시를 한다. 아이들은 가방을 내려놓고 스스로 토끼뜀 두 바퀴를 돌더니 먼지를 툭툭 털고 일어나 가방을 메고 자기 교실로 향한다. 아이도 마찬가지로 그렇게 하더니 교실로 간다고 했다. '엄마, 여기는 이래.' 하면서 내게 미소를 보이며 단지 여고 언니들한테는 창피하다고만 했다.

아이를 학교로 들여보내 놓고 학교의 교정을 밟았다. 내가 다니던 여중·여고, 참 낭만적이었지. 한참 학교를 둘러보니 크긴 컸다. 서울인 내 고향으로 다시 오고 싶은 생각이 들었다. 넓은 곳에서 아이들도 공부시키고 싶었고 나도 내 고향이 좋아 보였다. 대학 캠퍼스 같은 이 학교를 좀 더 일찍 다녔다면 그 많은 시간을 상처로 남지는 않았을 텐데 하는 후회, 그리고 내 자신에 대한 무력감에 한숨이 나왔다.

갑자기 아이의 예전 학교에서의 기억이 떠올랐다. 그날도 아이가 말썽을 피웠다며 당장 학교로 오라는 앙칼진 선생님의 목소리를 듣고 달려갔었다. 아이 말마따나 학교 가기가 나도 싫었다. 시간을 뭉그적거리며 끌어 보았지만 불나는 전화통에 발길을 학교로 향했다.

살아간다는 것이 힘겨워 숨이 차올랐다. 더 이상 길이 보이지 않는 것 같았고, 이런 상황에서 이 길을 가야 하는지, 그만 내 삶의 고단함의 날개를 접고 싶었다. 아이와 같이 이곳을 떠나고 싶었다. 자꾸 엇갈리는 선생님들과의 갈등 그리고 이해 부족으로 인한 충돌이 힘겨웠다. 상담을 받고 나오는 나의 발걸음은 무거운 짐을 지고 걷는 것 같았다. 아이가 뭘 그리 잘못을 했는지 가슴만 답답했고, 왜 그렇게 슬프던지 운동장에 멍하니 서서 눈물을 흘렸다. 학교 운동장은 아름다운 음악으로 가득 차 있었고 방송 반 아이들의 아름다운 목소리가 들려왔다. 아이가 초등 6학년 때 방송 반 아나운서로 뽑혔다며, 엄마와 함께 아름다운 멘트를 지어내기 위해 밤을 지새우던 일도 있었는데…

너는 그날을 기억하고 있을까? 잘 알지도 못하는 어느 선생님에게 네가 잘못한 일에 대해 사죄하고 나왔다. 운동장에 힘없이 주저앉아 너라는 딸을 둔 엄마의 모습이 왜 그렇게 더없이 작고 초라하게 느껴지던지 너는 알고 있을까? 운동장에서 떠들어 대고 있는 많은 아이들이 볼 새라 끝없이 나오는 눈물을 손수건이 흠뻑 젖도록 닦았지만, 닦아도 소용없는 눈물샘이 왜 그렇게 깊은지 하고 원망만 했다.

나의 어린 딸아, 무엇이 그렇게 힘들어서 이 청명한 하늘 밑 교정 아래 시끄럽게 떠드는 저 아이들의 행렬 속에 늘 너는 없는 걸까? 엄마는 묻고 싶다. 너의 작은 가슴에 어떤 멍들이 도사리고 있어 이렇게 힘겨운 삶을 살아가야 하는지 엄마는 그것이 너무 슬프단다. 몇 번이고 죽음을 시도하고 또다시 이렇게 일어서고 할 수 있었음은 그래도 아직은 너는 내 딸이고 난 너의 엄마라는 사실임을 기억해다오, 딸아.

언젠가 너를 기다리면서 본 교정, 너희들이 뛰노는 모습을 보았다. 치마를 줄여 엉덩이가 딱 달라붙어 걸음은 게걸음으로 걸어야 편안하고. 살갗이 틀 것 같은 이 쌀쌀한 봄바람에도 그렇게 벗지 말라는 스타킹은 갑갑하다며 고집을 피며 내던져 버리는 너희들. 한쪽 구석에서 그 폭이 터질 듯한 치마를 입고 서로 발차기를 하더라. 아슬아슬한 묘기를 보는 듯했지. 저러다 속옷이 보이면 어쩌나 하는 엄마의 마음도 무시한 채 장난을 치는 철부지들. 치마를 저리도 몸에 꼭 맞게 줄여 입는 것은 과연 멋을 알기 때문일까?

아침 전쟁을 치르고 그 전쟁이 휴전인 동안 엄마는 널 잊지. 현실 속에서 바쁘게 움직이면서 나름대로 생활에 젖어 이것저것 할 일을 다 못한 채 어김없이 4:30분이면 그 전쟁을 다시 시작하기 위하여 네 학교 앞에서 기다리지. 마지막 수업 종이 울리고 시끄럽게 운동장을 배회하는 아이들. 교문 앞에 줄지어 선 학원 차들의 빵빵거리는 클랙슨 소리들. 방과 후 활동인 풍물반 속에서 장구 소리

꽹과리 소리도 들려왔다. 너도 한때 장구를 배웠지. 지금쯤 저 속에 같이 있었다면 아마 수준급은 되어 있겠지. 무엇이 문제인지 늘 엄마와의 엇갈림으로 치닫는 너. 이 좋은 시간에 장구도 치고 그림도 그리고 책도 읽으면서 사춘기를 멋스럽게 보내라고 해도 멋 부리고 남을 따라하는 획일성에 젖어 있지. 그것이 인생의 전부인 양 목숨 걸듯 덤비다가 엄마한테 맞아서 팅팅 부은 종아리. 온몸이 멍이 들도록 맞아도 넌 또 튕겨나갔지. 힘든 사춘기로 엄마의 가슴을 갈기갈기 찢겨지게 하는지? 딸아, 여러 생각도 해봤지. 되물어 보고 다시 들여다봐도 알 수 없는 수수께끼야.

딸아, 엄만 왜 너의 교정을 늘상 이 초라한 모습으로 눈물을 벗 삼아 밟아야 할까. 딸아, 엄만 많이 아파. 그래 알아. 너도 이 엄마만큼 더 아프겠지. 그러나 이 아픈 엄마를 위해서 아니 앞으로의 너의 더 좋은 미래를 위해서 아름답게 살아갈 순 없는 걸까? 우리는 인생을 머뭇거리기에는 너무 짧아. 아름다운 내 딸아. 운전을 하면서 수없이 뿌린 내 눈물 속에 이런 글귀가 생각났어.

"자 괜찮습니다.

산다는 게 원래 그런 것 인생의 단편 때문에 흔들리는 촛불처럼 살 필요는 없지 않을까

툭툭 털고 일어납시다.

한 사람의 마음도 제대로 추스릴 줄 모르면서 마치 삶의 전부를 다 아는 양 슬픈 만용을 부릴 필요는 없지 않습니까"

— 박홍준의 '자신을 위호하기 위한 독백' 중에서

딸아, 엄마도 이젠 또 다른 일을 위해서 일어시야겠다. 엄마에게 그 일어설 수 있는 힘을… 너의 손을 잡고 일어서고 싶구나. 엄마에게 손을 내밀어 다오.

텅 빈 교정에서 혼자 앉아 딸에게 편지를 썼다.

침울한 어둠을 안고 살던 내 아이. 맑은 하늘 서울의 이곳 학교 교정에선 기쁨의 눈물이 흘렀다. 서울에서 학교를 졸업하고 아이는 고등학교도 서울에서 다니게 되었다.

아이가 나름대로 잘 지내는 것 같았고 학군을 벗어난 학교에 배정을 받아 하루에 전철을 6번씩이나 타고 통학하는 어려움이 있었다. 사실 경제적인 것이 제일 힘겨웠다. 다시 아이를 속초로 데려오고 싶은 욕심에 S여고에 알아보니 마침 자리가 있어 오라고 하여 아이를 데려왔다.

그러나 지나간 중학교 때의 과오를 들쑤셔서 소문이 돌고 급기야는 제자리걸음이 되었다. 경제적으로 힘겨워도 그냥 둘 걸 하는 후회가 되었고, 전학한 지 54일 만에 학교에서 반강제 자퇴를 했다.

하늘이 무너져 내리는 심정, 그리고 왜 내가 이곳에서 살아야 하는지 이유를 묻고 싶었다. 어려운 환경 속에서도 이곳이 내 제2의 고향이라고 생각하고 나름대로 많은 봉사를 하며 뿌리 내리고 살고 싶었다. 그러나 사회사업이 꿈인 나의 모든 것들을 다 버리고 서울로 떠나고 싶었다. 허술한 환경 조건, 교육 조건 그리고 통하지 않는 지역적인 특성. 나와 아이에겐 역부족인 이 타지. 아름다움만으로 살기엔 현실적으로 힘겨웠다. 난 눈물을 보이지 않았고 아이도 울지 않았다. 더 당당하게 교문을 나왔다.

"이 길이 아니면 다른 길로도 한번 가보는 거야. 분명 넌 할 수 있어. 엄마가 도와줄게. 맞지 않는 울타리는 가끔 벗어나도 충분한 생활을 하며 살 수 있다. 왜, 넌 아직 어리니깐… 지난 일은 후회하지 말자고 약속하자. 그리고 더 당당하게 살아가자."

아이의 손을 꼭 잡았다. 왈칵 눈물이 쏟아져 나올 듯했지만 아이도 나도 미소를 지었다. 그러나 우리는 알고 있었다. 나는 아이가 눈 속에 고인 눈물을 삼키는 모습을, 그리고 아이도 엄마가 눈 속에 고인 눈물을 삼키는 모습을….

아이는 집에 돌아와 허탈한 모습으로 일주일 내내 말없이 종이학을 접기만 했다. 나도 아무 말도 하지 않았다. 그 접어놓은 색색 빛깔 종이학을 보면서 날려 보내고 싶은 심정뿐이었다. 아이가 문 걸고 자는 방 속에서 종이학이 날고 싶어 흐느끼는 소리를 들을 수가 있었다.

아이들의 사춘기를 곤충으로 비유할 때 변태라고 했다. 애벌레가 성충으로 탈바꿈하는 변태의 과정 속에서 아이도 아닌 것이 어른도 아닌 것이 된다는 것이다.

이렇게 가장 중요한 시기, 우리 어른들은 어떠한 시선으로 그들을 바라 봐야 할까. 애벌레가 나비를 흉내 내며 날기를 원할 때 무조건 말려야 하는지, 애벌레가 잘 자라서 아름다운 나비가 될 수 있도록 도와줘야 하는지 우리는 알고 있다.

가정과 교사 그리고 아이가 삼위일체가 될 때 교육의 효과는 성공적일 수 있다. 그러나 실상 나부터도 나를 힘들게 하고 고통스럽게 하는 것들을 버리려 한다. 홍익인간을 강조하며 인성교육에 애쓰는 교사들도 많이 줄고, 성적과 입시 위주의 교육이 대세다.

말썽을 부리는 아이들을 안으로 감싸 안고 거두려는 참된 교육은 이미 사라진 지 오래다. 어떻게 하면 밖으로 내쳐서 다른 아이들이 물들게 하지 않을까 하는 것이 공교육의 현 실정이다. 갑갑한 교육의 현실에서 소외된 아이들은 말썽을 부려서 밀려난 아이들이거나 너무나 똑똑해서 감당할 수 없어 밀려난 아이들이다. 그 아이들의 공통점은 둘 다 말을 안 듣는다는 것이다. 자기 주장을 확실하게 내세우는 일도 말대답이 되어버리는 갑갑한 현실도 있다.

현재 우리 아이는 지금 검정고시를 보고 나름대로 아르바이트를 하며 지내고 있다. 가끔 지나는 아이들의 교복에 시선이 가면 가슴 아리던 것도 이젠 다 지난 일이다. 서울에 있을 때 아이에게 전화를 하면 서영은의 〈혼자가 아닌 나〉의 노랫말이 들린다.

이제 다시 울지 않겠어, 더는 슬퍼하지 않아

다신 외로움에 슬픔에 난 흔들리지 않겠어,

더는 약해지지 않을게, 많이 아파도 웃을 거야

그런 내가 더 슬퍼 보여도 날 위로하지 마

가끔 나 욕심이 많아서 울어야 했는지 몰라

행복은 늘 멀리 있을 때 커 보이는 걸

힘이 들 땐 하늘을 봐

나는 항상 혼자가 아니야

'힘이 들 땐 하늘을 봐.' 아이 핸드폰 액정화면에 새겨진 말이다. 지금도 이 노랫말이 거리에서든 어디에서 들려오면 난 가슴이 저린다. 엄마에게 집착이 유독 심했던 아이가 엄마와 떨어져 살면서 많은 외로움과 친구들에 대한 그리움을 대신하기 위해 자신만이 견딜 수 있는 해결책을 찾은 것이다. 외할머니와 둘이 살면서 아이는 그동안의 모든 외로움을 다 견디고 지냈을지 모른다.

아이는 다른 아이보다 더 크게 성장할 것이다. 지금 선택한 이 환경 속에서 나름대로 자신이 하고 싶은 많은 것들을 경험하며 성장해 가고 있다. 때론 슬프게 그리고 때론 기쁘게 자신의 작은 꿈을 펼치면서 말이다.

날이 차가운 요즘 옷장을 정리하면서 곱게 쌓아둔 아이의 교복을 보자 눈물이 흘렀다. 그러나 지금의 아이를 보면 지금의 선택을 정말 잘한 것 같다. 옷장 맨 밑바닥에 넣어 둔 교복이 때론 아쉽기도 하지만 밝아진 아이의 모습과 아직까지 자신의 신념을 버리지 않고 틈틈히 공부하는 아이를 보면 난 이렇게 중얼거리곤 한다.

"엄마라는 이름이 힘겹구나. 하지만 결코 이 선택이 부끄럽지 않게 널 앞으로 더 멋지게 아름답게 키울 자신이 있어. 그래 난 역시 너의 엄마야!"

(갈뫼 35호)

고슴도치 어미

문득 아이의 방을 정리하다 보니, 산더미 같이 쌓아 놓은 문제집으로 온 방 안이 어지럽다. 왈칵 눈물이 솟구쳤다. 저 많은 문제집을 풀면서 아이는 얼마나 울었을까? 차마 버리지 못하고 상자에 차곡차곡 넣어 둔다. 숫자로 3년이란 짧은 세월, 하지만 아이에게는 십 년의 세월보다 긴 시간일 수도 있었으리라… 하루 세 번 집을 드나들면서 비가 오면 걷기도 하고, 자전거를 끌며 찬바람을 맞기도 하며 10kg의 살이 빠지면서 아이는 고통을 이겨 냈다.

'대단한 녀석, 넌 의지의 사나이야.' 하루에도 몇 번씩 칭찬하고 싶었지만 엄마라는 이름으로 더 강해져야 하기에 수고했다는 따뜻한 말도 제대로 해 주지 못했다.

그런데 오늘 아이의 방을 치우면서 한없이 눈물이 흘렀다. 왜 그리 눈물이 나오는지… 보슬보슬 비도 오고 하니 주책스럽게 십여 년 전이 생각났다.

십여 년 전에 IMF라는 경제적 거대한 위기가 몰아닥쳤고, 우리에게도 어김없이 시련은 닥쳐왔다. 공무원이었던 남편이 보증을 잘못 서는 바람에 은행에 월급통장은 다 뺏기고 내가 벌어야 할 상황이 되었다. 아이들과 살길이 막막해 벌이를 나서야겠다고 생각한 끝에 내가 가지고 있는 재주가 그림이다 보니 아이들 미술 레슨을 해야겠다고 생각이 들었다.

어느날 수업하러 갔는데 그 집에서 저녁을 짓고 있었다. 검은 쌀에 현미밥 냄새 그리고 자반 조림 같았다. 전날 돼지고기가 몸에 잘 받지 않는다는 것을 알면서도 모임에서 후배 녀석이 권하는 소주 두 잔에 입맛이 당겨 집어먹었던 것이 문제가 되어 탈이 났었다. 찹쌀죽을 먹고 돌아다닌 탓에 다리가 후들후들거리고 힘도 없었는데, 냄새를 맡으니 허기도 지고 배도 고팠다.

그러다 문득 우리 작은 녀석은 저녁을 어떻게 때우고 갔나 하는 생각이 들었다. 아침에 바쁘다는 핑계로 반찬도 못 만들어 먹여 보냈는데… 갑자기 허무함과 슬픔이 밀려왔다. 나도 예전엔 저렇게 방문 오시는 선생님 차 한 잔 대접하면서 전형적인 주부로 내 아이들의 저녁을 지었는데…

먹고 살기 위해 허덕이는 내 모습에 가슴이 탁 막혀왔다. '공부 잘 하는 아들 녀석에게 맛있는 음식을 해서 먹이지도 못하고, 한참 크는 아이 잘 먹여야 하는데…'라는 생각이 들어 한숨이 나왔다.

수업이 끝나고 맥 빠져 돌아오는 길에 놀이터가 보였다. 힘이 들어 그곳에 조금만 앉았다 오고 싶었다. '아니야 빨리 가야지.' 하면서 오늘은 꼭 아들 녀석에게 맛있는 반찬을 해줘야겠다는 마음에 허겁지겁 집으로 달려왔다.

현관문을 열고 주방에 들어가는 순간, 식탁 위에 놓여진 컵라면 하나, 국물에 밥을 말아 먹고 간 흔적으로 여기저기 식탁에 얼룩이 져 있고 밥알이 뒹굴고 있었다. 녀석이 컵라면 하나 먹고 간 모양이다. 내가 조금만 부지런을 떨면 될 것을… 라면을 싫어하는 녀석인데 그것도 컵라면이라니… 학원 가서 얼마나 배가 고플까? 못난 어미 만나 배를 곯고 갔구나. 미안한 생각에 또 눈물이 줄줄 났다. 배고픔도 잊고 앉아 식탁에 펄썩 주저앉아 막 엉엉 울었다.

언젠가 한 번은 사는 게 너무 힘이 들어 '너희들 버리고 엄마가 서울로 가버려야겠다'고 했다. 혼자서 벌어 두 녀석을 키우려니 너무 힘이 들어 엄마가 아빠와 이혼을 하고 서울로 가버리겠다고 한 것이었다. 그랬더니 녀석이 "그래, 엄마." 하며 너무 불쌍하다고 서울로 가라고 한다. "그럼 너희는 뭐 먹고 살래?" 했더니 자기가 알아서 한다. 그러더니 생활비가 얼마나 드냐고 묻는다. 아마도 너희 둘이 살려면 최소한 백만 원은 들 거다 했더니 혼자 중얼거린다. "내가 뭘 해서 벌어야 백만 원을 버나? 신문을 돌릴까? 우유 배달을 새벽에 할까?" 한다. 그래서 "왜 네가 누나까지 신경 쓰냐?"

고 했더니 그래도 자기가 남자고 아빠도 우릴 버리고 엄마도 우릴 버리면 장남인 자기가 누나를 책임져야 한다고 한다. 그 순간 가슴이 메어 작은 녀석을 부둥켜안고 울었다. "걱정 마, 엄만 절대 너희 버리지도 떠나지도 않아" 했다. 그랬더니 작은 녀석이 눈물을 글썽거린다. "엄마가 미안해, 정말 미안해" 했다.

아이 중학교 때 내가 교복 때문에 걱정하자 걱정 말라며 농담으로 교복 값은 자기가 벌어오겠다고 한다. 그러더니 중학교를 전교 1등으로 들어가서 그 고사리 같은 손으로 장학금을 타와 살며시 내 손에 쥐어 주던 녀석. 내가 속상해 할까 봐 농담으로 "엄마, 내 교복 값은 내가 벌어왔다"고 해서 내 눈물을 감추게 했던 녀석.

어느 날 총각이 다 된 것 같기도 하더니 코 밑에 수염이 나 면도기 사달라고 했던 녀석. 어느새 저렇게 커버렸는지. 그러나 아직까지 친구들보단 유난히 키가 작다. 내가 너무 못 먹여서 저리 작나 싶은 게 너무 가슴이 미어졌다.

그러다 그동안 치울 여유도 없이 살다가 모처럼 조금 여유가 되어 아이의 방을 정리를 하다 책상 밑에 내 키만큼 쌓인 문제집들을 보게 된 것이다. 그대로 두었다가 다른 녀석 그걸로 공부 시켜도 어지간한 대학은 가겠다 싶다. 빽빽이 정리되어 있는 단어들과 숫자들… 가슴이 저려왔다. 저걸 갖고 공부를 했단 말인가? 장한 우리 아들! 그리고 늘 엄마를 미안하게 만드는 사랑하는 우리 아들!

자전거를 타고 다니면서 도서관에서 저 많은 문제집을 풀며 자신의 의지를 보여준 우리 아들 녀석 뒷모습에 미안하다. 비가 오면 우산을 받쳐 들고 그 무거운 가방 들고 가면서 많이 아팠을 우리 아들의 처진 어깨에 미안하다. 첫눈 오는 날 좋아 날뛰며 낭만을 즐겨야 할 아들이 그 눈을 미친 눈이라 표현하며 울상을 짓던 그 표정에 많이 가슴도 아프고 미안했다. 지난 세월들이 오늘 나를 또 아프게 한다. 그러나 한 편으론 참 장하다고 자랑하고 싶다.

"제가 아들 녀석 하나는 참 잘 키운 것 같아요. 효자에다 엄마 말 아주 잘 듣는 착한 아들에다, 속 한번 썩이지 않고 사춘기도 아주 잘 보낸 예쁜 아들 녀석, 엄마가 힘들면 끌어안고 등을 토닥토닥 거려주는 녀석, 엄마가 화가 나 있으면 안경 벗고 원숭이 흉내를 내며 재롱을 떠는 녀석. 참 착하지요?"

일류대는 아니더라고 첫 대학 등록금도 돈 한 푼 안 들게 해주고, 늘 장학금을 탔던 아들. 3년 고통의 세월이 여기저기 묻어 난 너덜너덜한 이 문제집들이 나는 너무 자랑스럽고 아파서 차마 버릴 수가 없다.

아이는 이제 병역의 의무를 다하고 있다. 고등학교와 대학교 기숙사 생활이 힘들었는지 어렵게 합격했던 ROTC도 마다하고 엄마와 함께 있고 싶다고 속초로 내려와 상근을 하고 있다. 그러나 나름 많은 스트레스를 받는 것 같다. 통통하게 살이 쪘던 녀석이 야간 경계를 서면서 푸석해지고 힘들어하는데, 이 철없는 엄마는 마냥 아들과 함께 있는 것이 좋아서 신이 났다.

퇴근 시간이면 뚜벅뚜벅 군화 발소리를 내며 '내가 왔소' 신호를 보내는 녀석. 철없는 어린 아이 마냥 오늘은 엄마가 뭐 맛있는 거 해놨나 하는 눈빛으로 먹이를 바라는 새끼 새 모양 나를 말끔히 쳐다본다. 그리고 자기가 좋아하는 반찬을 내놓으면 흥얼거리며 밥을 먹는다.

'그래 아들아, 시간은 금방 갈 거야, 그리고 그 시간만큼 분명 보상은 올 거야, 아들아 우리 열심히 살아보자, 더 힘든 시간들도 잘 이렇게 견디며 여기까지 왔잖아.'

맛있게 저녁을 해먹이고 나니 녀석이 바로 잠자리에 눕는다. 자는 녀석을 보니 몸이 피곤한지 코를 골고 잔다. 집에만 오면 자기 바쁜 녀석, 야간 경계를 하고 오니 낮에 자도 그게 잠인가 싶어 많이 안쓰럽다. 마음 같아선 보약이라도 한재 먹이고 싶은 생각이 굴뚝 같은데, 말이라도 꺼내면 "엄마 걱정하지 마세요."라며 한 마디로 내 입을 막는 녀석.

아이의 문제집을 어떻게 하지 고민하다 잠든 아이의 얼굴을 보니 '그래도 저 녀석 하나는 잘 키웠어.'라는 생각에 슬픈 마음에도 미소를 짓는다. 나는 고슴도치 어미다.

(2015년 여성 환경 백일장 수상 작품)

속초 여자로 살아가기

　새벽에 내리던 비가 아침이 되자 서서히 그치고 뿌연 하늘이 되었다. 아침나절 안개 사이로 비추는 설악산 산봉우리의 싱그러움은 말로 표현할 수 없다. 잠시 이 아름다움에 취해 먼 하늘을 바라보면 친정 부모님이 생각난다.

　아버지는 아들이 없어 며느리를 못 본다며 신세 한탄을 하셨었다. 그 속에서 자라서인지 이다음 크면 꼭 아버지를 모시고 살겠노라고 다짐했었는데, 서울이 싫다며 남편의 발령을 핑계 삼아 떠나왔다.

　속초 바다를 보고 산을 꿈꾸던 이 아름다운 동네에서 살면서 뭐가 그리 힘이 드는지, 아들 노릇하고 살겠노라고 약속은 무심한 세월 속에 흘려버리고 우리 네 식구 살기도 바빠 허우적거린다. 이곳 속초로 온 지 횟수로 8년, 제2의 고향이 되어 가고 있다.

　이사 와서 맞은 첫눈은 마당 가득 쌓여 눈 세상이 되었다. 뭘 눈이 이렇게 많이 왔는지… 아이들의 소리가 들렸다. "엄마 눈이야, 눈!" 아이들은 벌써 마당에서 뛰어놀고 마당에 쌓아 놓은 쓰레기 더미들은 눈 속에 다 숨어 버리고 흙조차 숨어 버렸다. 눈을 부비며 바라본 백색 가루로 마당 가득 눈이 부셨다. 허벅지까지 푹푹 빠지는 눈. 우리 마당에 언제 이렇게 왔을까?

서울에서 온 지 7개월 만에 본 속초의 눈이다. 마당 밖을 나가보려는데 대문이 열리지 않았다.

"문이 안 열려, 어떡하지? 애들아, 문이 안 열린다."

"엄마, 어떡해?"

마당이 아수라장이 되었다. 힘껏 밀어도 안 돼서 아이들과 셋이 밀었더니 '꽈당 팡~' 하고 대문이 밖으로 나가떨어지며 부서져 버렸다. 에고~ 세상에… 대문이 부서진 것은 아랑곳하지 않고 아이들은 마당에서, 다 큰 어른인 난 거리에서 신이 났다.

골목으로 허우적거리면서 나갔다. 동네 어르신들이 손에 싸리나무로 만든 빗자루를 들고 나와 골목을 쓸고 계셨다. 나도 플라스틱 마당 빗자루를 들고 나갔다.

"그 빗자루로 뭘 쓸려고 나왔어, 눈 구경이나 해."

난 머쓱해져서 도로 들어갔다. 동네 어르신들이 다들 웃었다. 부서진 대문을 고쳐 준다며 어르신 한 분이 망치를 들고 나왔다. 눈에 녹슬어서 굳어 버리면 대문이 안 닫힌다고.

"아, 예~ 고맙습니다. 그런데 정말 눈이 많이 왔어요. 전 처음 봐요. 꿈같아요."

"그래, 젊은 새댁~ 살아 봐라. 매일 눈이 와도 좋은지 한번 살아봐라."

옆에서 할머니 한 분이 중얼거린다. 도대체 무슨 말씀인지 도통 모르겠다.

마당에 내린 눈으로 아이들과 눈사람도 만들고 여기 푹, 저기 푹 빠져도 보고 신이 났다. 부서진 대문은 말짱히 고쳐졌고 그렇게 한나절 끼니도 거르고 눈과 놀다 보니 저녁이 되었다. 남편이 부랴부랴 뛰어 들어왔다. 부지런히 눈을 치운다. 어디서 찾았는지 싸리비를 갖고 오고 커다란 삽도 갖고 와 해지기 전에 눈을 치워야 한다고 했다.

"왜 눈을 치워?" 물어보았다. 나를 빤히 본다.

"이 바보야. 그럼 이 눈을 그냥 두고 얼음 위에서 걸어 다닐래? 어서 너도 거들어 빨리 치워야 해."

"알았어."

그다음 날 아침에 눈을 뜨니 온 삭신이 아팠다. 못 일어날 것 같았다. 일어나서 집을 치우고 밥을 하려 하니 갑자기 물이 나오질 않는다. 졸졸 나오더니 나중에는 그것마저도 나오지 않았다. 점심은, 저녁은 무엇으로 하지?

온 동네가 물이 나오지 않았다. 갑자기 폭설로 수도 파이프가 터졌단다. 겨우 생수로 밥을 해 먹고, 마실 물은 아껴먹고, 그릇은 있는 대로 꺼내 써서 설거지는 가득가득 쌓이기만 했다.

시청 수도과에 전화를 했다. 왜 물이 안 나오냐는 물음에 폭설로 수도 파이프가 터졌으니 공사를 할 때까지 기다리란다.

"내가 폭설 때문에 이야기하자고 전화를 한 것이 아니예요. 어떻게 하실 대책인지 들어야 할 것 아닙니까? 여보세요, 물이 안 나오는데 어떻게 하시렵니까?"

"아예~ 수도관이 터져서 복귀 공사 중이니 기다리셔야 합니다."

"소방차라도 보내서 비상 물을 주세요. 여긴 동네 전체가 물이 안 나옵니다."

"그러니까 하루만, 오늘만 어떻게 견디어 주십시오. 방법이 없습니다."

수화기를 내려놓았다. 고쳐야 한다니 할 수 없지. 생수를 잔뜩 사 왔다. 꼼짝도 못 하고 물이 나오기만 기다렸다. 서울처럼 따지고 찾아가서 해결책을 당장 내놓으라고 할 수 없고, 이곳 시골에서는 무작정 기다려야 한다는 것도 살면서 알게 되었다.

그런데 갑자기 어두컴컴해졌다. 전기도 나갔다. 세상에 이건 또 뭐야~ 보일러를 전기로 돌리는데 전기가 나가면 어쩌라고… 난감했다. 그날 저녁은 온 식구가 붙어 덜덜 떨면서 잠을 잤다.

다음날 아침에 눈을 떠 수도를 틀었다. 여전히 물은 나오지 않았다. 그렇게 하루가 지났다. 참을 수가 없어서 시청에다 전화를 다시 했다. '어제 그 사람인 것 같아요' 하는 소리에 이어 곧바로 과장이 받는 듯했다. 왜 물이 나오지 않는 거냐며 또다시 시청에다 난리를 떨었고, 그 덕분에(?) 소방차가 오고 부랴부랴 물을 받아서 썼다. 그렇게 며칠이 지나 다시 물이 나오고 모든 것이 정상적으로 돌아왔다.

거리는 온통 얼음 바닥으로 미끄러워 꼼짝도 못 하고 있지만 지옥 같은 며칠을 그냥 보내기보다 그동안 못 잔 잠이나 실컷 자보려고 안방에 들어가 누웠다. 막 잠이 들려고 하는 순간, 벼락 치는 소리가 지붕에서 들렸다. '우지직!' 무엇이 부서지는 소리도 들려 뭔일인가 싶어 나가 보았지만 하늘은 비 올 날씨가 아니다. 웬 벼락인가 하며 좀 무섭다는 생각이 들었지만 다시 잠을 청했다. 한참후 또 벼락 치는 소리가 들렸다. '벼락이 심하게 치는구나' 하고 문단속을 하고 다시 들어와 앉아 있으니 소리가 멈춘 듯했다. 어두운 밤이 되고 기온이 내려가니 벼락 소리는 들리지 않았다.

아침에 눈을 뜨니 지붕에 물이 새고 거실이 난리가 났다. 어제 그 벼락으로 기왓장이 부서진 모양이다. 마른하늘에 날벼락이다. 이렇게 하늘이 맑고 날씨가 따뜻한데 벼락이라니… 이상하다며 마당에 빨래를 널고 뒤돌아보는 순간 또 벼락 소리가 났다. 아무래도 이상스러워 소리 나는 곳으로 달려가 보니 뒷마당에서 나는 소리였다. 세상에~! 우리 집 지붕 위로 옆집 지붕에서 눈 덩어리가 떨어지는 소리가 아닌가. 그 집은 우리 집 지붕 위에 지붕을 겹치게 하여 컨테이너 박스로 만든 가게가 딸린 집이었다. 그 집 지붕에 쌓인 눈이 얼었다가 기온이 올라가면서 녹아 우리 지붕에 그리고 뒷마당에 떨어지는 소리였다. 눈이 떨어지는 무게가 남자 200명이 지붕 위에서 뛰어내리는 무게만큼이라고 했다. 그러니 그렇게 크게 벼락같은 소리가 난 것이고, 그로 인해 우리 집 기왓장이 다 부서지고 지붕이 무너져 거실이고 안방이고 물이 샌 것이다.

이곳 속초는 겨울보다 이른 봄에 눈이 더 많이 온다. 일반적으로 다른 지역은 눈이 12월 크리스마스 전후로 해서 그리고 다음 해 1월까지 많이 오는데 여기 속초는 2월이나 3월, 늦으면 4월에도 온다. 그때 내리는 눈은 거의 폭설로 이어지기 때문에 모든 교통수단이 비상에 걸린다.

처음 이곳에 이사 와서 몸이 좋질 않아 서울로 병원 예약을 하고 간단한 수술을 받은 적이 있었다. 그러나 폭설 때문에 비행기가 결항되고 온 교통수단이 마비되어 두 달 걸려 예약해 놓은 병원을 여러 번에 걸쳐 겨우 갔다. 서울에 갔다가 속초로 못 와서 우리 둘째 녀석 3월 입학식도 못 갔었다. 폭설 때문인데도 철모르는 아들 녀석은 내내 엄마만 원망한 적도 있다. 지금은 대관령 길이 좋아져서 그런 일은 거의 드물지만, 그 당시엔 도로가 마비가 되어 오도 가도 못했다. 서울에서 오지 못한 7년 전의 그 3월을 잊을 수가 없다.

속초는 동해와 인접한 설악산의 영향으로 겨울이면 눈이 많이 오는 곳이다. 한번 오면 상당히 많은 눈이 오기에 설악이 눈에 잠길 때면 그 장관은 이루 말할 수 없이 아름답다.

하지만 속초에 사는 사람들은 힘겨울 때가 많다. 그건 어느 도시건 마찬가지일 테지만 여기 속초는 유독 더하다. 뒤늦게 온 눈이 너무 좋다며 날뛰다 날벼락을 맞는지도 모르고 고생을 한 속초의 첫 겨울인 셈이다. 폭설에 쌓여 지붕만 보이는 자동차들. 한 이틀 사이 파묻힌 눈들을 치우느라 애쓰는 경비 아저씨들도 있고 거리는 치워도 치워도 지겹게 눈이 쌓인다.

엉금엉금 기어가듯 걸어야 하는 얼음판의 도시들. 밤새 내린 눈 위로 내 발자국을 내고 새벽에 일찍 일어나 아무도 밟지 않는 내 발자국과 손자국을 확인하러 나간다. 그러나 내 손발자국은커녕 밤새 눈이 와 쓰레기봉투마저 눈 속에 파묻혀 있다. 나만의 미련함을 알게 해주던 쓴웃음의 시간들이지만, 그렇게 눈은 우리에게 슬픔과 기쁨을 반반으로 나눠 준다.

긴 부츠는 눈 속에서도 신고 다니라고 장화가 미학적으로 변화되어서 나온 것은 아닌지. 너무 많은 불편함을 느끼면서도 그 하얀

폭설이 설악을 가득 덮을 땐 왜 그렇게 좋은 걸까? 난 설악에 눈이
오면 시를 쓴다.

이른 아침 눈을 뜨니 온통 눈꽃밭이다.

온천지가 눈으로 쌓인 것 같은 도시가 되어 있다.

밤새도록 검은색 도화지에 안개꽃이 뿌려지듯 흰색으로 덮힌 도시,

오늘도 대충 서둘러 집안을 정리하고 거리로 나온다.

거리는 온통 반짝반짝 불투명 유리 빛으로 반사되어

눈이 시리도록 부시다.

아침 일찍부터 서둘러 설악산을 향했다.

나무에 핀 눈꽃을 구경하기 위해 다들 체인도 치고

미끄러운 눈길을 바닷게 기어가듯 거슬러 올라간다.

덜덜덜 거리가 불투명 유리 가루를 뿌려 놓은 듯한

아슬아슬한 길 나뭇가지에 핀 눈꽃들.

휘어지듯 쌓인 눈꽃들이 부러질 듯이 버티다

마지막 찰나에 고무줄 튕겨지듯 떨어진다.

이렇게 마음은 어린아이처럼 설렌다.

누군가 이 속초에 살 수 있다는 것은 선택받은 사람만이 누릴 수
있는 특권이라고 했다. 요즘은 처음 이사 왔던 때처럼 시골스러움

이 많이 없어지고 점점 도시화되고 있지만, 가을이면 밤 따러 다니는 옆집 할머님들이 계시고 아직은 정겨움이 많이 남아 있다.

그러나 8년이란 세월 속에는 서울의 친정 식구들이 보고 싶어 눈물도 많이 쌓았고 그리움에 날밤을 새운 적도 많다. 길가의 낙엽이 무수히 떨어질 때면 서울이 그립고, 그 도회지의 회색 빌딩들과 네온사인의 그 현란한 불빛들이 자꾸 그리워져 서울로 가고 싶어진다.

어릴 적 집이 자꾸 꿈속에서 나타난다. 꿈속에서 놀고 있는 내 모습이 보였다. 우리 집은 아버지가 손수 지으신 집이라서 마당이 넓었다. 그 마당 한 구석에는 장독대가 줄지어 서 있다. 간장, 고추장, 된장들이 그득그득하고 숯과 붉은 고추가 둥둥 떠 있는 간장 항아리 속의 조롱박이 보인다. 항아리 뚜껑 없이 양푼으로 엎어 놓은 장독대는 소낙비가 후두둑 떨어지면 뚜껑을 먼저 닫아야 한다. 그런데 장독대 뚜껑보다 내 하얀 블라우스를 먼저 걷다가 엄마한테 혼이 났던 기억들도 나고… 이렇게 지난 시간을 아쉬워하면서 어디에 살든 토속적이고 멋진 집을 지어 친정 식구들과 다 같이 모여 살자고 했던 것이 생각난다.

그런데 지금은 내가 설계해 놓은 설계도만 서랍에서 썩고 있을 뿐, 지금의 나는 아파트 엘리베이터의 팅팅 울리는 쇳소리와 자동차 소음이 잠을 깨우는 시끄러운 도시 한복판에서 많은 사람들과 부딪치며 살고 있다.

처음 낯선 곳에 이사 오던 날, 시골이고 바닷가라는 것에 마음이 즐거웠고 들뜬 마음도 있었다. 속초에 와서 처음 주택을 얻고 보니 너무나 시골집이었다. 화장실도 마당에 멀리 있어 밤이면 아이들을 다 데리고 가야 했고, 비가 오기라도 하면 우산을 쓰고 아이 둘과 종종걸음을 걸으며 화장실에 함께 들어가 서로 빨리 볼일을 보라며 성화를 쳤다. 마당은 너무 어두워 무섭기 그지없었고, 담은 왜 그리 낮은지 도둑이라도 훌쩍 뛰어넘을 것 같아 무서움이 가득했다. 나중에 제부가 와서 서울의 가로등 같은 커다란 등을 마당에 달아 주고 가서 한시름을 놓았다.

어디든 외출을 하려면 방방 문을 걸어 잠그고 확인하면서 속초살이를 시작했는데, 1년 정도 지나자 우린 현관문도 안 잠그고 열쇠도 다 어디로 갔는지 기억도 없이 살게 되었다. 아이들도 학교에 가서 어느새 속초 사투리를 배워 와 서로 '~간나야' 하면서 싸울 땐 기막힘에 웃음도 나왔다. 바닷바람과 강한 햇볕에 얼굴이 많이 타 서울로 나들이를 가면 시골 사람이 다 되었다고 시누가 놀려 정말인가 하며 거울을 하루 종일 들여다보기도 했다.

서울에서 주택에 살던 것이 좋았기 때문에 여기에서도 주택을 얻었다. 목련 나무와 라일락 나무가 있고 마당 구석에 자라는 잡초들과 맨땅이 밟히는 그런 시골집을 얻었다. 마당 한 구석에 상추도

심고 굵고 큰 토마토도 대신 작은 방울토마토로 심었다. 아침이면 아이들을 학교에 데려다 주고 그이도 출근을 하면 나만의 시간을 갖기 위해 헤이즐넛 커피 한잔에 내가 제일 좋아하는 차이콥스키의 〈백조의 호수〉를 마당이 다 울리도록 틀어 놓았다. 라일락 향기를 맡으면서 목련잎이 떨어진 저 마당을 언제 다 쓰나 하고 나름대로 한숨 속에서 음악 감상을 하는 그런 시간도 있었다. 비가 내리면 땅속에 홈이 패어서 물이 가득 고인 빗물을 손가락으로 튕겨 가며 딸아이랑 물장구도 쳤다. 비를 흠뻑 맞고도 빗물로 장난을 치며 개미도 죽였던 시간들. 그 모든 것이 아련한 추억이다.

힘겨운 생활고에 모든 것을 포기하고 이곳을 떠나고 싶은 생각도 들었었다. 그러나 떠나면 다시 이곳을 찾을 수 없을 것 같았고, 이 아름다운 도시 속에 내 슬픔만 묻어 두고 가고 싶은 생각이 없기에 아직까지 이렇게 버티고 있는지도 모른다.

한 번씩 서울에 다녀올 때마다 보고픈 친구들. 화려한 도시의 모습 때문에 속초로 이사온 것을 후회할 때가 많다. 속초가 가까워지고 바다를 보면 가슴이 탁 트이는 것이 아니라 가슴이 턱 막혀 옴을 느끼지만 그래도 어쩔 수 없어 집으로 들어와 보면 또 다른 생활이 기다리고 있다.

지금은 어디서든 나를 기억해 주는 사람들도 많고 모임도 많아 생활에 활력이 넘치고 있다. 여름이면 많은 인파로 작은 도시 속에서 서울을 볼 수 있고, 가을이면 낙엽이 쌓인 덕수궁 돌담길을 걷던 기억보다 가을 단풍으로 더 넘치는 이곳 속초의 아름다움을 보며 산다.

작은 도시이고 여러 가지로 부족한 것이 많긴 하지만 그래도 난 속초가 좋아서 이곳을 떠나지 못한다고 이야기한다. 비록 돌아가신 아버지를 못 본 아픔도 있고 서울에 계신 엄마도 못 모시고 오히려 엄마에게 손을 가끔 벌리는 철부지 딸로 살아가고 있지만, 언젠가는 내가 꿈꾸는 이 도시 속에 꿈꾸던 옛집을 만들며 살아가리라. 눈부심이 없는 도시이지만, 그래도 제 잘난 맛에 사는 사람들과 어우러지고 부대끼며 속초의 여자로 거듭나고 있다.

(갈뫼 34호)

빈자리

'어디냐?' 도착하려면 멀었는데도 어머니는 십 분이 멀다 하고 전화를 하신다. 시집오고 처음으로 명절에 친정을 간다. 명절엔 강원도 시댁으로 가기 때문에 보통 사흘 전에 가서 명절을 쇠고 서울로 돌아오면 평일이 되어버린다. 그렇다 보니 이번 나들이가 친정에서 처음 맞는 명절인 셈이다.

제법 쌀쌀한 초저녁이다. 엄마는 진작부터 나와 기다리셨나 보다. 코끝이 빨갛다. "아구 내 새끼 왔냐?" 와락 나를 안으시며 우신다. "얼마나 고생이 많냐?" 내가 할 소리인데… 그 몇 개월을 엄만 아버지가 떠난 빈자리가 무섭다며 딸들 집에 이리 갔다 저리 갔다 한 달을 보내시다가 추석이 되어 친정에 오신 것이다.

그동안의 설움에 목이 메이시는지 날 안고 펑펑 우신다. 아버지가 없는 빈자리가 크긴 컸나보다. "왜 그렇게 멀리 나왔어요? 힘들게." "뭐가 힘드냐? 내 새끼 보러 나왔는데." 현관문을 여니 거실 바닥엔 온통 부침과 제사 음식거리다. 허리가 아파서 서서 못하겠다고 하더니 바닥에 자리를 깔고서 음식을 하신 모양이다. 좀 더 일찍 와서 도울 걸…. 나도 시아버지 제사가 있어 다 준비 해놓고 음식이 혹여 쉴까 단속하고 오느라 오후가 다 되어서야 친정에 도착한 것이다. 이것저것 간 보라며 내 입에 넣어 주신다. "배고프지? 어서 밥 먹자." "엄마, 이젠 제가 할게요." "다했다, 다했어." 음식도 이미 다 해놓고 마무리하고 계셨던 모양이다.

동생들은 하나도 안 왔다. 딸 다섯이 하나같이 장손 아니면 외동에게 시집을 가서 음식 준비하기 바쁘다. 그나마 난 막내에게 시집을 가서 다행이다 싶었는데 시숙이 돌아가셔서 제사를 우리가 갖고 왔다. 그렇다 보니 딸 다섯이 다 시댁 제사를 지내야 한다. 그래서 아버지께서 생전에 아들, 아들 하셨나 보다. 이럴 걸 미리 알고서 내 제사는 누가 지내 주나 그런 걱정을 했던 것 같다.

다 치우고 오랜만에 서울 하늘을 보았다. 잿빛 하늘의 내 고향이다. 초가을인데도 바람이 매섭다. 추운 버스 안에서 떨어서인지 아직도 귀가 시리고 발목이 시큰거린다. 온몸이 쑤시고 아프다. 몸살 기운이 있나 보다. 옥돌 전기매트를 고온에 틀어 놓고 잠을 청했다. 아이들이 궁금해할 테니 집에 전화를 걸어야지 하고 생각만 할 뿐 몸이 말을 듣지 않았다.

아침이 되니 어제 그 쌀쌀하던 기운이 사라지고 해놓은 음식이

쉴까 걱정이 될 정도로 따뜻했다. 첫 명절 제사를 맞는다. 아버지 께서는 늘 제사상 앞에서 내게 일러주셨다. 홍동백서(紅東白西), 조 율이시(棗栗梨柿). 왜 그렇게 내게 진설법을 알려주셨을까? 아무도 없는 텅 빈 방에 아버지 사진을 올려놓고 차례를 드렸다. 술 한 잔 따르고 절 두 번, 밥 한술 뜨고 다시 수저 놓고. 그때는 다 외울 것 만 같았는데 막상 하려니 어렵다. 남동생이 살아 있었으면 하는 생 각도 들었다.

엄마가 기어코 울음보를 터트렸다. 뭐 그리 서럽다고 저렇게 우 시는지 나도 눈물이 나왔다. 두 모녀가 앉아서 아버지 사진을 보고 엉엉 울었다. 몇 킬로그램이 빠지신 것 같은 엄마. 그래도 아버지 의 잔소리가 나왔나보다. 혼자 텅 빈 이 집에서 얼마나 외로우셨을 까? 눈물이 또 나왔다.

엄만 손재주가 참 좋으셨다. 쓱쓱 가위로 오려 만들면 상보가 예 쁘게 만들어졌다. 몇 번의 바느질이면 예쁜 테이블보와 커튼, 그리 고 반바지, 도시락 보, 리본 등등… 그러나 어느 날부터 엄만 바느 질에 손 떼고 마셨다. 여자가 바느질 좋아하면 박복하게 산다고 외 할머니가 야단하셔서 손을 놓아 버린 것이다. 천상 여자이셨던 엄 마. 연두색, 빨간색 바둑무늬로 엮인 상보로 곱게 밥상 차려 덮어 놓고 아버지 밥은 사발에 꾹꾹 눌러 아랫목에 묻어 두고 아버지 마 중 나갔던 어린 시절.

어느 날인가 고무 대야에 깻잎을 가득 다듬으시던 엄마에게 "이거 언제 다해요?" 하고 물으면 "눈은 너무 게을러서 저걸 언제 하나 하지만, 부지런한 손이 후딱 일을 해버린단다. 그러니 너도 어서 해봐라" 하셨다. 어느 순간 정말 그 많던 깻잎이 다 정리되었다. 식구들이 좋아해서 평소에 깻잎장아찌를 많이 담갔다. 그 맛난 깻잎을 간장에 폭 담가 돌로 꾸욱 눌러 놓아 장독에 묻어 두고 먹었다.

아침에 늦잠을 자려고 하면 "잠이란 열흘을 자봐라. 열흘 동안 잠맛을 알아서 더 깊은 잠에 빠진다. 잠이란 끝이 없단다. 조금 졸립다 싶을 때 깨어서 일어나야 한다."고 하시던 어머니.

오늘 보니 늙어버린 할머니 모습이 역력했다. 제2의 김지미라고 소문이 날 만큼 미인이셨던 아름다운 미모도 이제 다 사라졌다. 꾸부정한 허리도 제대로 못 펴시고 관절통증이 심해 뼈 주사로 다리 힘을 버티시는 어머니. 내가 모셔야 하는데 오히려 나를 걱정하시는 어머니, 불효막심하다는 생각이 든다. 명절이라고 도와드리지도 못하고 사흘 동안 아파서 죽도록 이불 속에서 앓다만 왔다.

저녁때쯤 몰려온 동생들과 제부들로 집안에 활기가 돌았지만 이렇게 엄마를 혼자 두고 가야만 하는 내 마음이 무거웠다. 원래 어머니는 성격 자체가 누구랑 같이 살기 싫어하셨다. 그래도 항상 나랑 살고 싶다고 하셨는데, 그날이 언제일까? 우리가 어렵다고 내 집에도 오시지도 않는 어머니다. 그래도 오라 하시면 "너 잘 살면 가마." 그때가 벌써 몇 년 전인지… 이러다 덜컥 아버지 곁으로 가시는 것은 아닌지 걱정하며 잠들었다가 벌떡 일어나 보니 어두운 밤이다. 내게도 언제 새 날이 있으려나? 오늘도 꿈꾸며 산다. 어머니의 그 빈자리를 어떻게 채워드려야 하나?

(갈뫼 37호)

화해

마침 어버이날이 휴일이다. 오랜만에 나들이 하는 서울. 도착한 고속버스 터미널 앞거리는 여기저기 카네이션 만발이다. 유난히 불빛이 현란한 서울 거리는 온통 카네이션으로 축제 마당 같다. 그래 어버이날이지. 다들 하나둘씩 들고 있는 꽃바구니를 나도 하나 사서 들었다. 전철을 타도 여기저기 다들 양손에 들고 있는 꽃바구니들, 참 예쁘다. 문득 나도 하나 받고 싶다는 생각이 든다.

어릴 적 고사리 같은 손으로 색종이 곱게 오려 옷핀을 꽂아 만들어 주던 큰아이의 카네이션이 생각났다. 매년 5월이면 카네이션을 달아 주었던 그 작은 손이 오늘따라 왜 이렇게 생각이 나는 걸까. 아이들과 떨어져 산 지 꽤 오래되었고, 내겐 무정하게도 카네이션 하나 없다. 갑자기 눈물이 주룩 흘러나왔다.

5월이면 아이들과 수업을 하면서 함께 카네이션을 만들지만 정작 나는 카네이션을 만들어 어머니께 드렸던 적은 있었던가. 손쉽게 살 수 있는 꽃바구니는커녕, 멀리 산다는 핑계로 전화 한 통화가 끝이었다. 내 어머니에게 카네이션 하나 사드리지 못하는 죄인인데 내가 뭘 바라나 싶다.

현관문을 열고 친정에 들어서니 어머니는 뭘 이런 걸 사 오냐 하시면서도 내심 좋아하시는 눈치다. "비싸지? 돈 아깝게 다음부터는 사 오지 마라" 하셔도 어머니 얼굴에는 미소가 방긋이다.

저녁 밥상을 차려 놓고 밥을 먹으려는데 딸아이가 말없이 '엄마' 하면서 쓰윽 카네이션 바구니를 내민다. 그리고 딸아이는 아무 말도 하지 않고 밥상머리에서 눈물을 뚝뚝 흘리며 운다. 십 년 만에 사다 준 카네이션 꽃바구니도 눈물을 뚝뚝 흘린다. 꽃바구니 속에 숨겨진 화해의 손길이 서럽게 운다.

얼마나 오랜만에 받아 보는 카네이션인지… 그래 저도 매번 사 주고 싶었던 거야 이렇게… 나 역시 붉게 충혈된 눈빛으로 눈물지었고, 빨간 카네이션은 내 가슴속으로 붉게 물든다. 애써 나오는 눈물을 참지 못하고 애꿎은 꽈리고추가 맵다며 핑계를 대었다. 딸아이도 하나 먹어 보고는 '정말 맵네' 하며 밥을 삼켰다. 우리의 모습에 어머니도 "저 애가 웬일인지 내 것도 사왔다. 어제는 용돈도 십만 원 주더라."고 이야기한다.

조그마한 바구니 속에 감춰진 십 년의 세월. 왜 그리 긴 세월을 먹고 자랐느냐 원망하고 싶지만, 시들지 않고 활짝 웃어준 네 모습이라도 감사해야지. 긴 세월 빨갛게 피어오르려고 저렇게 몸부림 쳤나 보다. 시간이 약이라 했던가. 시간이 지나면 모든 것들은 해결된다고 누군가 얘기했었지. 그래 모든 것은 시간이 해결해 주는 것 같다.

　　다친 달팽이를 보게 되거든
　　도우려 들지 말아라
　　그 스스로 궁지에서 벗어날 것이다.
　　당신의 도움은 그를 화나게 만들거나
　　상심하게 만들 것이다.

　　하늘의 여러 시렁 가운데서
　　제자리를 떠난 별을 보게 되거든
　　별에게 충고하고 싶더라도
　　그만한 이유가 있을 것이라고 생각하라.

　　더 빨리 흐르라고
　　강물의 등을 떠밀지 말아라
　　강물은 나름대로 최선을 다하고 있는 것이다.
　　　　　　　　　　　　— 장슬로, 「다친 달팽이를 보게 되거든」

언제가 작은 녀석이 늦은 사춘기를 맞는 것 같아 내가 조바심을 내었더니 절친한 지인이 들려준 시다. 이 시를 읽으면서 얼마나 울었는지…

지난 시간 아이를 좀 더 보듬어 주지 못하고 같이 으르렁거렸던 것이 너무 후회된다. 그때는 하는 짓마다 미웠으니 권위만 세웠고 가르치려고만 했다. 그리고 야단만 쳤고 안 된다고만 했다. 결국 서로에게 남은 것은 깊은 상처뿐이었다. 다시 돌아가고 싶지 않은 후회가 많이 되는 시기이다. 부모가 힘든 만큼 아이는 더 힘들다는 생각을 왜 나는 하지 못했을까. 왜 그렇게만 키울 수밖에 없었는지 생각하면 아이에게 면목이 없다.

이제 제법 엄마도 많이 생각하고 점점 철이 들기 시작하는 아이. 내가 다시 아이를 키울 수만 있다면 현명하게 아이를 잘 키우고 싶다. 그래서 지금 내가 가르치고 있는 아이들에게 유난히 더 많은 사랑을 쏟고 있는지 모른다. 아이에 대한 죄책감에 대한 보상이라도 하듯이. 그 아이들이 내 사랑을 모르더라도 난 그 사랑 나눔을 끝까지 할 것이다. 누군가를 기다려 주는 것은 우리 인생에 있어서 정말 값진 선물이 된다. 사랑하기도 모자란 시간, 왜 그렇게 아이와 싸웠는가. 난 이제 남아 있는 시간들을 사랑하며 살기 위해 노력할 것이다.

요즘은 큰아이가 너무 이쁘다. 그날 저녁 난 아이를 꼭 끌어안고 잤다. 아니, 아이가 꼭 끌어안겨 잤다. 십 년 만이었다.

어머니도 나도 방이 더워 꽃이 시들 걸 알면서도 꽃바구니를 베란다에 내다 놓지 못했다. 온 방 안 가득 빠알간 카네이션 사랑으로 붉게 물들고 있었기 때문에…

(갈꾀 41호)

미시령 길

　미시령을 넘나든 지 7년이 되었다. 우연한 기회로 고성 광산초등학교 흘리분교에서 수업을 하게 되었다. 첫 출근하는 날 너무 무서워 운전대를 두 손으로 꼭 잡고 덜덜덜 떨면서 올라갔던 기억이 지금도 생생하다. 바람이라도 불면 날아갈 듯 차가 휙휙 흔들려 너무 무서웠던 시간이었다.

　바람이 많이 불거나 눈이 많이 오는 날은 '제발 미시령이 통제가 되어라' 하고 소망하면서 올라간 적도 있었다. 그러나 7년 동안 통제된 날은 거의 없었다. 눈이 많이 오는 날은 미시령길 시작부터 슬슬슬 기어서 올라가야 했다. 같이 근무했던 다른 선생은 눈 내린 미시령 길을 올라가기 힘들어해 내 차를 같이 타고 출근을 했다. 심한 날은 흘리 고개도 못 올라가고 고개 밑 근처 카페 주차장에 차를 세우면 주무관님이 데리러 온 적도 있다. 그 당시는 먹고 사는 일 때문에 그 무서움을 마다 않고 올라갔지만 구경삼아 그냥 나들이로 올라가라 하면 절대 올라가지 않았을 것이다.

그러나 지금의 나에겐 미시령은 그냥 일반 도로다. 그렇게 무서웠던 길을 동네 길 드나들 듯 출퇴근을 한다. 아침마다 보는 상쾌한 미시령의 풍경들은 해마다, 하루하루 매일 바뀐다. 아침에 우울했던 마음이나 속상했던 마음은 아침 출근하면서 모두 사라진다. 너무나 아름다운 미시령을 바라보며 그 시름을 잊는다.

봄이 되면 조그마한 새싹들이 고개를 들어 연녹색으로, 여름이면 짙은 신록이 우거진 푸르름이 생생한 기운을 준다. 또 가을이면 이발소에 걸린 촌스러운 풍경화같이 붉은색과 노란색, 주황색이 어우러져 현란한 색 잔치가 펼쳐진다. 또 겨울이면 눈 덮인 설악은 겨울왕국이다. 그에 더해 하늘은 하루하루 다르게 변하는 극치의 아름다움을 선물한다. 그 아름다운 광경은 눈으로 직접 봐야지, 설명이 불가능할 정도다.

아름다운 미시령을 넘으며 7년 동안 참 생각도 많았고, 서러운 날에는 미시령을 넘으며 울기도 했다. 가끔은 퇴근길에 미시령 길에 차를 세워 놓고 속초의 도시를 내려다 보았다. 도시는 아주 조그맣고 보잘것없이 작게 보인다.

"저 작은 곳에 사는 사람들이 나를 슬프게 했네. 야, 다 거기서 거기다. 여기서 보니 별거 아니네." 하고 소리를 지르며 마음을 삭이기도 했었다. 좋은 날은 기쁨의 환호를 지르기도 하면서. 이렇게 미시령 길은 출퇴근길의 위로가 되고 나의 삶의 터전이 되었던 길이다.

그런데 7년 동안 나의 시름과 나의 걱정을 버리게 해준 그 미시령을 이제는 더 이상 드나들 수 없다. 내가 출근하던 학교는 분교로 처음 근무할 때 재적수가 4명이었다. 젊은 선생들이 오지에 있는 벽지학교 점수 때문에 자녀들을 데리고 다니던 어떤 해에는 9명까지 늘기도 한 적도 있지만, 이젠 전교생이 두 명뿐이다. 이마저도 내년이면 6학년 아이가 혼자 남게 된다. 바뀐 정책상 4명 이하 학교는 폐교를 시킨다고 한다. 한 명이 남더라도 아이가 졸업을 할 때까지는 학교가 존재해야 된다고 생각을 하지만 현실은 그렇게 여의치 않나 보다.

아이는 사십 분이 걸리는 곳으로 학교를 다녀야 하고, 그렇게 거리에 버리는 시간은 매일 한 시간 반 정도이다. 그렇게라도 초등학교를 마쳐야 하는 현실이 안타깝다. 아침 7시에 첫차가 있어 그 차를 놓치면 학교를 어떻게 가야할지 난감하다고 했다. 두 시간 간격으로 차가 온다고 했다. 그래서 정신을 바짝 차리고 버스 시간을 챙겨야 한다. 그렇게 도착하면 7시 40분. 그리고 수업 시작까지 또 한 시간 정도를 기다려야 한다고 하니 참으로 안타까운 현실이다. 도시와 시골을 가리지 않고 아이들이 없어 폐교가 점점 늘어가고 있다. 마을이 살려면 학교가 있어야 한다는 것도 옛말이다.

내가 출퇴근하던 학교도 없어지니 나는 더 이상 미시령을 넘나들지 않게 될 것이다. 이렇게 학교가 없어지면 나의 삶의 터전도 잃어버리는 것이다. 그 작은 학교에서 따온 갖가지 야채들과 먹어보지 못했던 먹거리들로 즐거움이 많았었다. 7년 동안 많은 사건들과 아이들과 웃고 울었던 시간의 추억이 있었다. 그런 것들이 사라진다 하니 가슴 아프다. 어쩌면 흘리라는 동네는 아마도 내 생애에 잊지 못할 곳이 될 것이다.

미시령은 강원도 인제군 북면(北面)과 고성군 토성면(土城面) 경계에 있는 고개다. 해발고도는 826m로 예로부터 진부령·대관령·한계령 등과 함께 태백산맥을 넘는 주요 교통로였다. 현재 미시령은 태백산맥 북부의 횡단로로 설악산 북부를 넘어 인제~속초를 연결하는 도로이다.

처음 이 미시령을 통과하기 위해서는 미시령 터널 요금소에 요금을 지불하고 다녔다. 내 차는 소형차로 분류가 되어 50퍼센트 할인을 받았지만 그 돈도 만만치 않았다. 기름값이랑 **빼면** 뭐 남는게 있다고 그 먼 곳을 다니냐고들 했지만, 실상 시간상으로는 30분정도 걸리지 않았다. 더구나 너무나 아름다운 산속의 풍경들이 나를 매료시켰기에 별생각은 하지 않았었다. 그곳 곳곳에 숨은 매력들을 아무도 모를 것이다. 지금은 강원도민은 무료이다.

예전에 서울에 살 때 옛 미시령 길을 넘어 본 적이 있었다. 그때는 얼마나 무서웠던지, 그 이후로는 다시는 다니지 않았었다. 새로운 길이 난 이후에도 한 번도 다니지 않았었다. 그런데 내가 매일 출퇴근하는 길이라니… 그것도 7년 동안이나 그 길을 넘나들었다는 사실이 참 신기했다. 나는 이곳 시골 마을이 좋았고, 늘 산속 깊은 마을에서 살고픈 마음에 혹 싸게 나온 집이나 땅이 있는지 알아보고 있다. 주변 지인들은 '아서라, 혼자서 무서워서 못 살고, 벌레 등이 많아서 불편하다'고 하지만, 아직도 나에게는 산골 마을이 로망이다. 가끔은 학교 마당에 개구리가 날뛰는 모습이랑 수업 시간 내내 울어대는 닭 소리와 산비둘기 소리, 무섭게 기어나오는 콩 벌레, 돈 벌레에 기겁을 하지만 아직은 포기하지 않았다. 저번에 학교 복도에서 뱀이 나왔다는 소리를 듣고 기겁을 하기는 했지만….

미시령을 처음 운전할 때 그냥 너무 무서운 길이었지다. 그러나 지금은 내 삶에서 매일 오르락내리락 하는 길이 되었고 나에겐 아름다운 길이며 힐링의 길이다. 7년 동안 맑은 하늘과 멋진 구름을 보며 하루를 생각하게 하고, 가끔은 안개로 가려진 나무들을 바라보며 내일을 생각하는 시간을 만들어 준 미시령의 아침을 잊지 못할 것 같다. 물들어 가는 단풍과 햇살에 부서지는 산 바위들이 만들어 내는 장관을 놓치기 싫어, 목숨 걸고 운전하면서 사진을 찍었던 그동안의 기록이 오랫동안 남아 있을 것이다.

곧 돌아올 후년부터 이 길은 더 이상 올라갈 일이 없는 곳으로 바뀐다. 그래도 가끔 미시령을 추억 삼아 올라와야지 마음을 먹는다.

　미시령은 나의 시름 덩어리를 덜어 주고, 속상함을 풀 수 있는 곳이었다. 그렇게 시시때때로 슬픔을 던져 놓을 수 있는 곳이었고 나에게 힐링을 주었던 미시령 길. 미시령아 고맙다.

정현이

야외 학습을 했다. 아이들이 좋아했다.

문득 정현이가 생각났다. S중학교 간다고 한다. 작년 겨울 마지막 수업 때 나를 졸졸 따라다니며 "선생님 가? 선생님 가? 정현이도 가." 하면서 한 열 번은 이야기했다. 한번 안아주고 "중학교 가서 잘 지내" 했더니 "네~" 하면서 갔다. 그러나 또다시 돌아와 전화번호를 물었다. "전화해, 전화해?" 하면서 쪽지를 꼭 쥐고 가는 것 같더니 아이들을 다 보내 놓고 교실 정리를 하다 보니 쪽지가 떨어져 있다. 뭘 잃어버리면 앙앙거리며 울던 아이 정현이. 많이 울었을까? 맑은 하늘 아래 이렇게 이젤을 펴고 있으니 정현이가 보고 싶다.

천사 같은 그 아이 눈은 늘 맑았다. 교육청 순회 강사로 등록되어 첫 수업을 하던 Y초등학교. 내가 속초에 처음 이사 와 우리 아이들을 전학시킬 때의 그 시골 학교. 바닷냄새가 나던 신록이 푸르던 그 시간이 생각났다.

Y초등은 숲속에 숨겨져 있었다. 작은 마을이 있는 숲속에 살포시 숨겨져 있는 학교였다. 그 아이들과의 첫 만남은 '휴우'였다. 그림이라곤 접해보지도 못한 아이들이었고, 더구나 전교생 35명을 수업을 해야 했다. 전교생이 35명인 작은 학교에서 누군 빼고 안 빼고 할 수 없다고 해서 다 가르쳐야 했다. 1학년부터 6학년까지 어디서부터 어떻게 수업을 진행해야 할지 난감했고, 인원이 너무 많아 많이 힘들었다.

교장 선생님 또한 시골 아저씨답다. 양복 차림을 거의 본 적이 없다. 늘 일하시느라 작업복이라 처음엔 교장 선생님이 아닌 줄 알았다. 받아쓰기가 안 되는 아이들을 붙들어 놓고 한 자 한 자 가르치는 모습이 존경스럽다. 정말 아름다운 학교이다.

여기에 정현이가 있었다. 학습 속도가 약간 느린 아이다. 처음 그림은 온통 검은색으로 그렸다. 그리고 3개월 후는 온통 파란색으로, 그리고 또 몇 개월 후는 빨간색, 그리곤 1년 후에야 색을 쓰기 시작했다. 고학년이라 4B연필로 그린다 했더니 자신도 고학년이라 철저하게 준비하며 연필로 그리겠다고 했다. 아버지가 사준 이젤을 자랑도 하며 기뻐하면서 그림을 그렸다. 출석을 부를 때 이름을 안 불러 주면 잘되지 않는 발음으로 내게 와서 "정현이 왔어요." 한다. 천사 같은 아이였다.

난 아이들에게 정을 많이 준다. 그래서 아이들과의 헤어짐은 늘 눈물바다가 된다. 언젠가 '문화의집'에서 미술 강의를 한 적이 있었는데 재정적인 문제 때문에 더 이상 수업을 할 수 없게 되었다. 처음에는 말도 안 듣고 삐딱했던 아이들이 헤어짐 앞에선 날 붙들고 엉엉 운다. 내가 다신 오지 않는다는 걸 알고 말이다. 너무 울어서 아이들을 떼놓기가 힘들었다. 한 부모에서 자란 아이들, 정에 굶주린 아이들, 그 아이들은 나의 작은 사랑들을 너무도 크게 받아들인다. 그다음부터 정을 주지 말자고 해놓고 난 또 아이들에게 정을 준다.

젊은 시절에도 유난히 아이들은 날 잘 따랐다. 왜 그런지는 모른다. 결혼을 해서도 남의 아이들이 온통 우리 집에 한방을 차지했고, 늘 먹이고 씻겨서 보내니 엄마들은 고마워했고 좋아했었다.

서울에 살 때 아래층에 미용실이 있었는데 아기 엄마들이 머리를 하러 오면 머리 위에 두건을 뒤집어쓴 엄마의 모습을 보고 아이들은 걷잡을 수 없이 울기 시작한다. 자기 엄마가 이상하기 때문에 보고 또 보고 운다. 그러면 미용실이 아수라장이 된다. 그럴 때마다 미용실 언니는 아이를 봐달라고 날 귀찮게 했다. 신기하게 그렇게 울던 아이들이 내 품에 오면 새근새근 잤다. 오죽하면 동네 부부 교사가 꽤 많은 돈을 주겠다면서 애를 봐달라고 두 달을 쫓아다니며 사정한 적이 있다. 그땐 돈을 벌어야 하는 이유도 없었고 내

취미생활인 수영을 열심히 배우러 다닐 때라 거절을 했지만, 그들을 볼 때마다 피해 다니게 되었다.

조카들이 어릴 때도 한 번씩 서울에 가게 되면 동생네를 돌아야 했다. 아이를 목욕시키면서 온 거실을 난장판을 하고 있는 모습에 비켜보라고 하고 애를 번썩 들어 안고 목욕딩으로 바로 데리고 들어가 십 분 만에 씻겨서 나왔다. 두 부부가 기절하듯 날 쳐다본다. "그렇게 쉽게 시키는 목욕인데 우린 매일 전쟁을 해요' 한다. 자기네가 난리를 치며 시킨 거보다 뽀얗다나 뭐라나 하면서… 약을 먹여도 전쟁이다. "이리 줘봐" 하면서 아이를 내 가랑이 사이에 넣고 울리지도 않고 후딱 약을 먹였다. 동생 부부가 한 시간을 씨름하면서 반은 버리고 옷이고 뭐고 젖고 하는 약 먹이기를 난 몇 초면 끝냈다. 밥도 잘 안 먹던 아이도 내가 일주일 데려다 키우면 잘 먹고 통통하게 키워서 데려다 준다. 늘 신기했다고 했다.

오죽하면 동생네는 속초에 내려오면 제 친구들까지 동원해 꼬맹이들 8명을 내게 맡기고 지들은 콘도에서 논다. 그리곤 하루만 재워달라고 한다. 같이 놀러 가기라도 하면 아이들과 전쟁을 치르는 것이 일상인데 내가 하룻밤 데리고 자면 아무 일도 없이 잘 놀기 때문이다. 몇 번 전화를 해서 부탁하는 것 같더니 언젠가부터는 아예 처음부터 맡기고 자기들은 놀기 바쁘다.

사람이든 동물이든 내가 키우면 살이 찐다. 모임에 놀러 갔는데 엄마 외는 아무에게도 안기지 않던 후배의 아이가 갑자기 울기 시작했다. 후배는 어찌할 바를 몰라 했다. 한 시간을 울길래 내가 달려가 아이를 달라고 했다. 소용없다며 계속 아이를 주지 않고 울리는 후배에게 시끄러워서 그러니 달라며 강제로 아이를 뺏어 내 품에 안았다. 아이는 십 분 만에 잠이 들었다. 다들 환호성을 지르면서 나의 아이 달램을 칭송했다. 정말 이상했다.

엘리베이터에서 만나는 아이들은 날 보고 실실 웃고, 지나가는 아이들도 날 보고 웃는다. 엄마들이 으아해하면서 내게도 인사를 한다. 내가 아이들을 돌 보는 일을 하려고 그랬나? 신기하기도 했다.

지금도 수업을 가면 졸졸 부대가 나를 따른다. 큰 아이지만 유독 정을 주던 아이, 남들과 달라서 그랬을까, 인사할 때 꼭 나와 눈을 마주쳐야 가는 아이. 내가 대답을 할 때까지 인사하는 아이. 그 천사 같은 아이들이 요즘은 자꾸 생각난다.

세상이 많이 달라지고 있다. 아이들도 많이 영악스러워지고 순수함도 잃는다. 벌써부터 노랑이짓을 하고 머리를 굴리는 모습이 내가 알던 예전 아이들의 모습이 아니다. 눈치만 보고 말대꾸하고 제 맘에 안 들면 선생님을 노려보기도 한다.

한번은 수업 시간에 한 아이가 하도 말썽을 피워 벌을 주는 대신 내가 어깨를 주물러 준다고 했다. 목덜미 어깨 쪽은 근육이 뭉쳐

힘을 주면 엄청 아프다. 어깨를 주물러 주니 자지러진다. 아이는 눈물이 글썽하면서 나를 노려보더니 내게 크레파스 조각을 던져버렸다. 정말 때려 주고 싶었다. 급기야 의자를 던지고 난리를 피웠다. 남자 선생님을 데려와 데리고 나가라고 했는데 안 나가고 버티면서 나를 힘들게 했던 아이. 그리고는 와선 언제 그랬냐는 식으로 내게 아양을 떤다. 다시 오지 말라고 해도 그 아이는 늘 먼저 와서 이 이야기, 저 이야기 하면서 나를 빤히 바라본다. 그런 아이를 내칠 수도 없다. 다른 강좌에선 다 손들었다고 한다. 오다가다 하면서 아이들에게 침도 뱉고 욕도 한다고 했다. 그런데 미술은 안 빠지고 온다. 늘 와서 물바다를 만들고 물감 범벅을 해서 솔직히 안 왔으면 했다.

그런데 성실하게 일찍 와서 나와 가장 가까운 코앞에 앉는다. 저리 멀리 가서 앉아라 해도 먹히지도 않는다. 하도 골치가 아파서 그 아이를 빤히 바라보았다. 왜 저를 보냐고 또 난리를 친다. 네가 하도 말을 안 들어서 내가 너무 힘들다 했더니 앞으론 잘 들을 테니 걱정마라 한다. 그러나 곧바로 교실 문 앞에 물감을 엎지르곤 내게 대걸레를 찾아 놓으라고 고래고래 소리를 질러대었다. 걸레를 갖다주니 노래까지 흥얼거리며 청소를 한다. 그리곤 꼬박 인사는 하고 간다. 인사를 안 받아 주면 교실이 떠나가듯 내 귀에다 대고 소리를 질러대고 도망간다.

그 골치 아픈 아이도 그림을 그릴 때는 신기하다. 곧잘 그린다. 90퍼센트 엉터리로 그리지만 열 번에 한 번은 잘 그린다. 아이들이 그림을 잘 그리면 앞에다 걸어 주곤 했는데, 그 아이는 내가 걸어 주지 않아도 지가 걸어 놓고 간다.

아이들이 웃음바다을 터뜨려도 신경도 안 쓴다. 여기저기서 하도 힘들게 하는 아이라 부모님한테 전화를 해서 몇 번이고 오지 말라고 한다고 관에서 이야기했지만 놔두라고 했다. 내가 무슨 수호천사도 아니면서 말이다. 만약 아이가 안 오면 내가 너무 아플 것 같다. 그래도 가장 오래 함께한 아이이니 말이다.

이렇듯 버릇이 없고 막무가내이고 골치 아픈 아이들도 있다. 말썽부리는 아이들이 어딜 가든 꼭 한두 명씩은 있다. 난 그런 아이들은 내 코앞에 두고 수업을 한다. 그러면 왜 앞에 앉으라 하냐고 난리를 부린다. "네가 너무 예뻐서" 하면 이상하다는 듯이 나를 빤히 쳐다본다. 반 아이들도 이상하다고 하면서 질문하기도 한다. 왜 예쁘냐고. 난 정확한 대답은 안 하고 "그냥 예뻐" 한다. 하지만 아이들은 그 대답에 자꾸 캐묻는다.

내 아이가 힘들게 자라서일까? 여러 병원을 전전긍긍하며 키웠던 생각이 나서일까? 힘들게 자란 아이 때문일까? 사회성 결핍성 장애라고 섣불리 판단을 내린 그들이 싫어서일까? 유난히 삐딱한 아이, 말 안 듣는 아이, 나를 힘들게 하는 아이들에게 정을 더 쏟는

건 내 아픔이 더 크기 때문이다.

　어느 겨울날 나와 헤어지기가 싫어 '선생님, 나 못 봐. 나 못 봐.' 하면서 자기가 여기 없다고 내게 강요를 하던 아이, 헤어짐이 아쉬웠던 아이. 태양 빛이 유난히 내리쬐는 오늘 이 학교 운동장에서 그 성현이가 유독 생각난다. 눈물이 글썽했던 그 아이의 맑은 눈동자가 아른거린다. 파란 가을 하늘 속에 그 이 아이의 미소가 구름처럼 마구 번지고 있다.

(갈뫼 38호)

미련 덩어리들 버리다

　십여 년 만에 집 정리를 했다. 얼마나 오래된 짐들이 끌려 나오는지 힘겨운 싸움을 시작했다. 그러고 보니 그 긴 시간 동안 이 많은 잡동사니를 안고 살았다. 버릴 것인지 또다시 넣을 것인지 갈등은 끝없이 반복되었고. 결국 내 힘으로는 안 되고 타인의 손으로 버려졌다.

　무엇이든 미련이 많은 탓에 집안은 온통 잡동사니들로 쑥대밭이 되어 있었다. 수업하려고 쌓아 놓은 종이들, 추억이라며 모아 놓았던 사진들, 읽지도 않으면서 쌓아 둔 책들, 지금은 듣지 않는 카세트테이프들, 가전제품과 그릇들, 수많은 옷가지 등이 수북하다.

　내 생각이지만 우리 집은 없는 게 없다. 뭐든 다 있다. "무엇이든 필요한 것은 물어보세요." 하며 농담을 하지만 내가 봐도 너무하다. 내가 쌓을 수 있는 곳까지 책들과 수업 자료들로 가득하다. 식탁과 침실, 심지어는 화장실까지 구석구석 빈틈이 거의 없다.

책들은 언젠가 읽을 것이라 못 버리고, 수많은 수업자료들은 수업해야 하니 못 버리고, 옷들은 언젠가 유행이 다시 돌아올 것이라고 못 버리고, 여기저기 아이들이 써 준 편지들은 아이들의 정성이라 못 버리고, 많은 테이프들과 사진들은 추억이라 못 버린다. 이 모든 것들을 미련이란 이름으로 버리지 못했다.

왜 나는 버리지 못하는 것일까? 가끔 내가 저장 강박 관념이 있는 것이 아닌지 생각하면 갑자기 무서워지기 시작한다. 나도 나름 치우지만 의도치 않게 그리된 것도 많았다.

"엄마, 물건을 하나 새로 사면 옛것은 꼭 버려 알았지?" 아들의 성화에도 난 이적지 같이 두고 살았다. 버리지 않으면 새것을 산 의미가 없다고 난리를 부리는데도 한 번 더 쓰고 버린다고 한 것이 이처럼 쌓아두고 산 것이다. 보다 못한 아들이 지인 동생과 힘을 합치더니 작정을 하고 버리기 시작했다. 적어도 한 트럭은 버렸을 것이다. 어느 정도 정리를 했다고 생각했지만 두 사람은 아직 반 이상은 더 버려야 한다고 주장한다. 아들은 믿지 않았지만 나는 치웠다고 주장했다. 아들이 야단법석이다. "버려, 버려~" 내가 볼 때는 정말 많이 버렸는데… 거실이고 주방이고 휑하건만 아니라고 하니 속이 탄다.

이것저것 버리고 나니 빈자리 여기저기에 스티커들로 끈적인다. 아이들이 수업하면서 나 모르게 장난삼아 붙여 놓은 것들인가 보다. 꽤 된다. 꼭 들러붙어 떼어지지 않는다. 붙일 때는 그리 척 잘 달라붙더니 왜 이리 안 떼지는 것인지. 여러 가지 방법을 써 봐도 안 된다. 조그마한 스티커 하나로 열을 받아 밤새운다. '네가 이기냐? 내가 이기냐?' 하며 아침까지 실랑이하다 결국 떼지는 못했다. 물을 부어 질척하게 해놓고 오후 시간이 되니 저절로 다 떼어졌다. 나는 별것 아닌 것에 목숨 걸듯 미련한 오기를 부린다.

가끔 재봉하다 잘못 박은 것을 다시 뜯으려고 하며 진땀을 쏟는다. 박을 때는 스스르 잘도 박히더니 왜 이리 안 뜯어지는 거야. 문득 그 스티커와 잘못된 박음질을 보면서 우리의 인생도 이렇지 않은가 생각이 들었다. 그래서 질긴 인연이라고 했고 미련이라 했나 보다. 그렇다고 그 버리지 못한 것들을 인연이라고 합리화시키는 것은 아니다.

나는 사람과의 만남에서도 쉽게 잘도 만나지만 헤어짐을 두고는 참 미련이 많다. 나를 힘들게, 모질게 하는데도 정을 떼지도 못하고 그 마음을 비우기 쉽지 않다. 그렇기에 마음이 더 많이 상하고 힘겨운 싸움으로 나를 혹사시키기도 한다. 좋지도 않으면서 거절하지도 못하고, 갖고 싶지도 않으면서 주면 받아오고 하던 나의 습성이 이렇게 되었나 싶기도 하니 한심스럽다. 이 모든 것들이 나를 이기지 못하는 나약한 인생 같아 슬프다.

버려야 할 것들도 못 버리고, 힘들게 하는 사람들과 인연을 끊지 못하는 나. 그러나 이제는 나를 힘들고 아프게 하는 사람들과도 이별을 고하자. 미련을 두고 가슴 아파하지 말자. 모 신부님이 나를 힘들게 하는 사람들은 만나지도 말라 하셨다. 그래 만나지 말자.

이제부터 나의 모든 건강을 위해서 앞으로 당장 쓰지 않을 물건들이나 2년 동안 안 쓴 물건들은 모조리 버리기로 다짐한다. 집안에 많은 물건들이 쌓이면 풍수지리적으로 복이 달아난다 하고 대인관계도 나빠진다고 한다. 현관은 늘 깨끗해야 하고 우산은 꼭 우산꽂이에 두어야 한단다. 에너지가 침체될 때 잡동사니가 쌓인다 한다. 쌓이는 물건이 많으면 사람이 살아가는 에너지 흐름이 좋지 않다고 한다. 버리자.

언젠가 쓰일지도 모른다는 강박 관념들이 긴 연휴에 쉬려고 온 귀한 아들을 몸살 나도록 부려 먹고 말았다. 버릴 물건들을 수없이 들어 나르는 아들에게 미안해서 이사하는 것 같다 했더니 아니란다. 리모델링 하는 것 같단다. 서로 크크거리면서 치우기는 했다. 친구까지 데려와 말끔히 정리를 하고 서울로 올라갔다. 결국, 가기 전날 몸살감기를 앓다 갔다. 집은 깨끗하게 정리가 되었지만, 미련 많은 엄마의 욕심 때문에 몸살 난 아들 생각에 마음이 아팠다. 나도 버린 것들에 대한 미련이 많았던지 며칠 동안 몸살감기로 눕고 말았다.

"여보게, 저승 갈 때 뭘 가지고 가지."

석용산 스님의 말씀을 마음속으로 다시 한번 되새겨 본다.

3부

일상의 생각

개 새끼

우연히 몇 년 전부터 미시령을 넘어 수업을 가게 되었다. 그곳은 아주 작은 분교였다. 처음 아이들을 만났을 때는 전교생이 4명이었는데 지금은 9명으로 늘었다. 3년 전 처음 방문했을 때는 폐허 같고 작은 학교였지만 지금은 아주 예쁜 학교가 되었다. 그곳은 3월 초면 어김없이 눈이 펑펑 내려 오전수업 시간 전에 눈썰매장을 만들어 눈썰매를 타고 노는 학교이기도 하다.

재작년은 내가 앉을 의자도 없어 집에 있는 의자 네 개를 차에 싣고 미시령을 넘어갔다. 처음 넘은 미시령이라 무섭고 혹시라도 의자가 무거워 옆으로 넘어지면 어쩌나 하는 조바심도 내며 슬슬 올라갔다.

그렇게 처음 접한 작은 그 학교에는 어미 개 한 마리와 새끼 강아지 다섯 마리, 수탉 한 마리가 살고 있었다. 이 수탉은 부화기에서 태어나 어미 품에서 자라지 않아서인지 안하무인격이다. 자기가 대장이고 누구든 곁에만 가도 쪼아대고, 주차장 중앙을 턱 하니 차지하고 다리를 하나 깃털 속에 넣은 채 잠을 자곤 한다.

아침에 주차를 하려면 몇 번 비키라고 해야 비키는 좀 짜증 나는 닭이다. 그래 일명 싸가지 없는 닭이다. 가끔은 새끼 강아지를 쪼아대어 수업 시간에 강아지가 아파하며 깽깽거리기도 하여 나가보기도 한다. 어린 새끼 강아지가 혹여 닭한테 물려 죽지는 않나 해서. 그럴 리는 없지만 혹여 너무 어린 강아지라 걱정이 되어서다. 저 수탉이 너무 얄밉다.

그러다가 몇 마리 강아지들이 분양을 가고 남은 강아지들도 제법 많이 자랐다. 수탉도 점점 위엄을 갖추며 벼슬도 나고 몸집도 커졌다. 그런데 몸집이 커지면서 수탉의 횡포는 점점 심해지듯 하더니 지가 왕이다. 어떨 때는 강아지 집이 제집인 양 턱 하니 자리를 잡고 있고 어미 개와 새끼 강아지들은 집밖에 쫓겨 나와 있기도 한다. 마음 같아선 쫓아내고 어미 개와 강아지들의 집을 찾아주고 싶지만 사실 나도 무섭다. 다른 선생 다리를 쪼아 무척 아프다고 하길래 겁이 났다.

그런데 수놈이라 그런지 가슴을 쫙 펴고 다리 하나로 버티고 있는 폼이 제법 멋있기도 했다. 닭이 멋있어 보이기는 처음이다. 나를 봐라 하는 듯 아주 폼 잡고 느긋하게 잠을 자고 있기 때문이다. 그래서 '사람을 겁내지 않는 너의 그 용감함에 한 표 준다. 옛다'

한다.

그렇게 시간이 지나고 강아지에게서 개의 모습이 나올 때쯤 저도 수놈이라고 수탉에게 으르렁거리며 이제는 제법 대들기도 한다. 그렇게 대들고 쪼아대고 하면서 정이 들었는지 둘이 잘 놀기도 한다. 누가 보면 닭인지 개인지 좀 헷갈릴 정도로 잘 논다. 그 모습을 보며 어미 개는 다 자기 자식인 양 흐뭇한 눈빛으로 그 개들과 닭을 쳐다보곤 한다. 하긴 그 수탉은 어미가 품지 않아서 누가 어미인지 모르고 자라고 있을 테니, 자기를 돌봐 주는 어미 개가 어미라고 생각할지도 모른다. 늘상 자기를 바라보고 집도 내주고 하니 그렇게 생각할지도 모른다. 더구나 닭들은 자기 밥을 주는 사람을 어미라고 알고 따르고 한다는데 저놈의 수탉은 가끔 보면 그렇지도 않은 것도 같다. 그래서 싸가지로 했나 보다. (거기 계시는 한 선생님 말에 엄청 웃었지만 날이 갈수록 맞는 듯하다.)

하루하루 커가는 강아지들이 한 마리 한 마리 분양이 되고 이제는 어미 개와 새끼 개 한 마리만 남았다. 물론 그 수탉도 남아 있고 여전히 잘 지내고 있었다. 그런데 여름 방학을 보내고 가니 남아 있던 새끼 개 한 마리가 그 위엄 있던 수탉을 물어 죽였다는 것이다. 세상에 이런 개새끼네. 그렇게 같이 놀던 녀석이 이래저래 정들어 보이더니 아니었나 보다. 배신감이 들며 갑자기 화가 났다. 아무리 얄미운 수탉이라지만 좀 마음이 아프고 짠한 생각이 들었다. 그렇게 어미 개가 사랑을 주어도 새끼 개도 개새끼인가 보다 하는 생각이 들었다.

학교 입구를 들어서면 묶여 있는 개 한 마리가 지 기분에 따라 짖었다 말다 한다. 어쩔 때는 하도 난리를 쳐대며 짖다가도 지가 피곤하고 지 몸이 노곤할 때는 '너는 가냐' 하는 식이라 나는 약이 올라 창문을 열고 "야, 왜 안 짖냐?" 하고 소리친다. 그러면 가끔 짖기도 하는데 오늘은 영 미동이다. 저놈이 정말 귀찮은 게다. 문득 그런 생각이 들었다. 그래서 개지랄이라고 하는가? 지 기분에 따라 짖고 말고 하는 것. 살아가면서 얼토당토않게 사람에게 날벼락을 맞는 경우가 종종 생긴다. 괜히 가만히 있는 사람을 모함하고 트집을 잡아서 생사람 잡는다. 그래서 개가 변덕을 부리듯 개지랄을 떤다 하는 욕이 나온 것 같다. 혼자 짖지 않는 개를 보며 킥킥거리며 막 웃었다. 개지랄, 너무 웃기다. 그 수탉을 물어 죽인 개도 그런가 보다. 가서 한 대 발로 차버리고 싶다. 그러나 참아야지. 나도 봉변을 당할지도 모르니.

사람과 짐승이 다른 점이 있다. 사람은 생각할 수 있고 다른 사람을 배려하거나 다른 사람 입장에서 생각하며 양보도 하며 살기 때문이다. 그리고 예의라는 것을 지키며 산다. 그래서 예의가 없고 제멋대로인 사람들을 보면 가끔 욕하곤 한다. '부모 밑에서 잘 자라서 예의도 배우고 부모 그늘에 살아야 제대로 된 인간이 된다고.' 그래서 부모 없이 자란 사람을 호로 새끼, 그렇게 옛 어른들은 욕하기도 했다. 그러나 요즘 세상은 이혼 가정도 많고 한 부모, 조손 가족도 흔해서 그런 말은 아주 조심스럽고 쓰기조차 꺼리는 말들이 되었다. 세상이 많이 바뀌고 있다.

몇 달 전에 우연히 지인과 밥을 먹다 옆자리에서 '결혼 상대를 고를 때는 이혼가정의 자녀는 절대 반대한다'며 첫번째로 배제를 하겠다는 말을 들었을 때 참으로 그 사람의 인격이 의심스러웠다. 일부러 들으려고 한 것은 아니었지만 이혼이 흔한 이 시대에 그런 이야기가 화제가 된다는 것이 조금 듣기 거북했다. 조금 무식하다는 표현이 더 맞을지도 모른다. 요즘 세상에 저리 뒤떨어진 말을 하고 있다니 하고 웃고 말았다.

요즘은 일반적인 가정에서 자라도 정서적으로 결함이 심한 아이들이 많아 심각성이 커지고 있다. 형제 없이 키우기에 독점력이 강하고, 남을 향한 배려라든지 동정심이 전혀 없고 이기적이고 예의라고는 손톱만큼도 없다. 물론 다 그렇지는 않다. 다만 정서적으로 많이 부족한 아이들이 그런 경우가 많다는 것이다. 결핍으로 인한 것은 한 부모 가정이나 두 부모 가정이랑은 상관이 없다는 것이다.

우리가 학교에서 아이들과 싸우면, '클 때는 다 싸우면서 크는 거다' 하면서 부모들이 서로 이해했지만, 지금은 무조건 경찰에 신고를 하고 법으로 해결한다. 그놈의 법이 무엇인지 아이들조차도 수업 시간에 저를 잘 안 도와줬다고 경찰에 신고한다 하기에 아주 혼쭐을 낸 적이 있다. 그 부모가 알면 혼쭐을 냈다고 신고할지도 모를 일이지만, 다행히 아무 문제는 없었다.

정서적으로 결핍한 아이들은 부모가 있어도 그 결핍에서 오는 문제로 사회성 부작용이나 미숙한 스트레스의 조절 능력을 겪는다. 그들은 충동적이고 타인에 대한 어떠한 배려도 용납하지 않는다. 타인의 감정 또한 무시하며 자기가 생각하고 자기가 원하는 대로 해야 한다. 그리고 그것이 옳다고 생각하고 그렇게 해야 기분이 풀린다.

세상이 달라진 지금은 정신적인 건강과 정서의 힘을 빌리며 아이를 키워야 하고 자신의 정서 함양에 귀를 기울여야 한다. 정서가 메마른 부모는 자신의 욕구에 아이를 키우고, 타인과의 의사소통 따위는 엄두를 내지도 않고 즉각 반응하여 화로 대처하며 살아간다. 더 나아가 왜 그랬는지에 대해 생각하지 않는다.

자기 말만 하고 급속도로 친하게 대하거나 낯선 사람을 엄청나게 경계하며 살아가고 있다. 한 마디로 정이라곤 일 원어치도 없다. 그만큼 건강하지 못한 정서는 모든 일상의 부정적인 산물이다. 질투, 비난, 시기로 인해 상대에 대한 안하무인격인 태도·막말들의 사투를 벌이며 마구잡이 행동을 표출해 낸다. 그런 사람들은 내 에너지를 빼앗는 것은 물론 나의 정신 건강까지 빼앗아 가버린다.

정서가 메말라가는 세상이 점점 우리에게 다가온다면 우리의 미래는 극심한 분노 사회로 변해갈 것이다. 요즘 뉴스에서 나오는 끔찍한 사건들, 사람으로서 상상할 수 없는 무서운 사건들이 우리의 가슴을 벌렁거리게 만든다.

우리는 사람에 대한 가치 평가를 어떤 가정에서 자라고 있었는지에 중점을 두는 것이 아닌, 얼마만큼 정서적으로 잘 자랐는지에 가치를 두어야 할 것이다. 그리고 나 자신도 이제라도 정서적으로 얼마나 미약한지 알아보고 정서 함양에 열성을 다하며 세상을 살아가야 할 것이다. 개처럼 살지 않으려면 말이다.

(갈뫼 49호)

페이크 러브

　내가 옷을 좋아하다 보니 우리 집은 옷이 천지다. 요즘은 옷을 만들어 입기까지 하니 옷이 더 늘어나기가 그 수를 셀 수가 없을 정도이다. 다들 농담 아닌 진담으로 우리 집은 제일 먼저 정리해야 할 부분이 첫 번째가 내 옷 그리고 책이라고들 한다.

　그렇게 옷이 많은 데도 겨울옷은 만들어 입을 정도의 실력이 되지 않는다는 핑계를 대며 사 입기로 한다. 더구나 난 가죽옷과 털옷을 엄청 좋아하기에 그 수도 만만치 않다. 돈 좀 있는 사람들이 자신의 부을 상징하기 위해 걸치는 밍크도 몇 벌이 있다. 그러나 어느 순간 동물 학대로 인한 동물 보호 운동이 시작되고 밍크, 루왁커피(kopi luwak) 등 생산과정을 보고 나서 그 잔인함에 양심이 걸려 나는 밍크를 안 입기로 했다. 그러나 털옷을 좋아하는 나로서는 그 유혹을 물리치기 힘든 상황이라 한동안 유행했던 페이크 퍼 옷들을 사 입기로 했다. 그렇게 페이크 퍼에 관심이 막 끌리던 무렵, 수업 시간에 한 아이가 〈페이크 러브〉라는 노래를 듣고 싶다고 한다. "그게 뭔데?" 하니 "선생님, 그 노래도 몰라요? 방탄소년 노래라구요." "뭐? 방탄소년은 뭐야?" "에이, 암튼 그 노래 틀어주세요." 한다.

수업을 하다 보면 아이들이 너무 산만하게 떠들어 클래식 음악을 틀어 놓고 수업을 한다. 그러다 아이들의 요청을 받아 처음 접하는 요즘 시대 아이돌의 음악을 듣기도 한다. 그래서 들으면 알 듯은 하나 정작 노래 제목을 모른다. 그런데 이 노래를 듣는 순간 가사가 의미심장하며 무엇인가 나의 가슴을 팍 찌르는 것이다. 그동안 아이돌이라고 해서 거시기한 춤이나 추고 신나고 그저 그런 음악으로나 생각했는데 아니었다. 어어 이것 봐라… 이 노래를 듣는 그 아이들이 무슨 뜻인지 알고 듣나 싶어 물어봤다.

"너희들 뭔 내용인지 알고 이 노래를 듣니?" 하니 "에이, 선생님 사랑 이야기잖아요." "그래, 니들이 사랑을 아냐고?" "왜 몰라요? 전 남자친구가 있었는데 다른 애를 좋아해서 헤어졌잖아요. 그래서 제 마음이 아프다고요. 그런 게 사랑이라고요." '오마이갓 사랑, 그래 사랑을 아는구나,' 속으로 혼자 생각하고 있는데, "선생님 저이 노래 춤출 줄 알아요. 춤춰도 돼요?" "미술 시간에 뭔 춤이야?" "응응~ 스트레스 풀고 싶어요." "근데 왜 스트레스를 미술 시간에 푸냐고?" "그림 그리다 스트레스받았다고요."

졸지에 미술 시간이 댄스 시간으로 탈바꿈하였다. 춤도 어쩜 그리 잘 추는지 얼굴 표정이며 정말 사랑의 시련을 아는 듯 표정도 절실하다.

널 위해서라면 난

슬퍼도 기쁜 척 할 수가 있었어

널 위해서라면 난

아파도 강한 척 할 수가 있었어

사랑이 사랑만으로 완벽하길

내 모든 약점들은 다 숨겨지길

이뤄지지 않는 꿈속에서

피울 수 없는 꽃을 키웠어

— 방탄소년 〈페이크 러브〉

음악에 맞춰 춤을 추며 노래를 부르는 그 아이들을 멍하니 바라보았다. 정말 잘 춘다.

짧은 시간 그 노래를 들으면서 사람과의 관계를 생각하게 되었다. 언젠가부터 갑과 을이라는 단어가 사람들에게 회자되면서 갑질이며 을이며 우리 사회의 유행어가 되었다. 갑질 논란에 힘겨워 살려고 발버둥치는 을들의 소리가 여기저기 마구마구 쏟아져 나와 내 귓가에 얹혀 버렸다. 그리고 나 또한 을이기에 먹고 살기 위해서는 슬퍼도 기쁜 척, 아파도 강한 척, 가면을 쓰고 살았다. 속으로는 '저거, 저거 죽일 똥파리 같은 인간' 하고 비겁하게 살았다.

가끔이긴 하지만 사람들은 못생겼는데 예쁘다고 하고, 정말 좋지 않은데 좋다고 하는 페이크적인 말들로 손발을 비비고 살아가고 있다. 그래도 모자라 약자한테 강하고 강자한테 약한 비열함을 보이며 살아가는 사람들이 내 주위에도 아주 많다. 그런 사람들의 모습이 싫어 나는 연관된 일들 그만두기도 하고 그들을 외면해 버리기도 했다. 그러나 돌아오는 것은 나만 경제적으로 힘겨워지는 것이다. 그것을 알면서도 난 그렇게 완벽하게 서지는 못했다. 세상 물정 모르게 정의를 외쳐대어 그 결과는 아픔으로 다가온다. 그러면서도 정의를 버리지 못한다. 그러기에 사람에게 뒤통수도 잘 맞고 모함이며 사기도 잘 당하고 살아왔다.

우리 아들 말이 예전 넓은 주택에 살 때 학교에 다녀오면 우리 집 거실은 늘 동네 아줌마들로 그득했다고 한다. 엄마는 주방에서 음식을 해서 나르고 무엇이나 새로운 것들이 생기면 퍼주었다고 한다. 아들은 그것이 좀 싫었다고… 그런 엄마 때문에 상처받았을 생각하니 많이 미안하기는 했다. 그래서 그런지 아들은 엄청 야무지고 자기 것을 아끼기로 자린고비 버금간다. 아들이 여자 친구랑 데이트 비용 통장을 만들어 그 통장에 각자의 정해진 돈을 넣으며 데이트 비용을 쓴다고 했을 때 사실 난 너무도 놀랐었다. 지극히 현실적인 저 아이들을 칭찬을 해야 하나? 하며 어리벙벙했었던 적이 있었다.

나는 몇몇 사람들과의 관계에서 배신과 상처를 당하고 나서야 오픈되어 있던 문도 잠그고 핸드폰 번호도 바꾸면서 그들과 인연을 끊어 버리고 살기 시작했다. 지금은 그 페이크적인 눈빛과 미소로 사람들을 대하면서 차츰 나도 약간의 비열함도 갖고 세상이란 것에 익숙해지며 나의 하루를 지탱하고 있다.

사람을 평가할 때 그가 축적하고 있는 재산이나 학벌로 평가하는 시대가 아닌 실력이나 경험으로 평가하는 시대로 바꾸고자 노력한다고 하면서도 우리는 여전히 페이크적이다. 그들에게 무언가 얻기 위해서 그렇게 가짜라는 이름을 얼굴에 달고 살면서 난 어디까지 가야 할까?

우리가 상대를 어떠한 모습으로 바라보아도 사람들은 그 표정을 읽을 줄 안다. 그게 가식인지 진심인지 모르는 사람들은 극히 드물다. 가령 너무 미운 사람이라 뒤로 그 사람을 욕하면서도 그 사람 앞에서는 아닌 척 미소를 짓고 빈 인사를 한다. 나도 그렇게 살아가는 일들이 익숙해져 있기 때문에 그들을 비난하지 않는다. 오히려 세상을 잘살아 가는 사람들이라고 칭찬을 하며 그것도 그 사람의 능력이라고들 평한다. 그래야 사는 세상이라고 한다.

나 역시 어느 순간부터 위선과 가증을 많이 떨며 대하는 사람한테 똑같이 대하고 있다. 그런데 나는 그런 나의 모습을 잘 용서하지 못하는 1인이기 때문에 괴롭다. 괴로워하지 않으려면 가증을 떨지 말던가, 아님 가증을 계속 떨면서 괴로워하던가 하면 되는데 그게 쉽지 않다. 차라리 상대가 가증을 떠는 모습이, 억지 미소로 나를 대하는 것들이 안 보이면 '내가 반가워서 좋아서 웃는 게야' 하고 말 텐데, 하느님께서는 교묘하게도 인간의 뇌 하나하나 기능들에 영특함을 가지도록 만들어 주셨으니 어찌하겠는가? 그냥 나도 억지웃음과 진정한 웃음을 섞어가며 살아가야지 어쩌겠는가? 갓난아이도 가끔 억지웃음으로 썩소를 보내는데 다 큰 어른인 나는 견디어야지 하지 어쩔 수 없는 노릇이다.

〈페이크 러브〉 노랫말처럼 페이크 러브를 하는 내 모습에 결국 '이것이 무엇인가, 그래 이것은 아니다.'라는 생각을 한다. 그렇게 페이크적인 것은 결국 페이크로 끝난다는 것이다.

점점 글로벌로 변하는 시대에 우리의 진정성이 얼마만큼 존재할까. 진실된 사랑이 점점 희박해질 것 같은 것은 나만의 기우일까. 진정한 사랑도 결국 물질에 밀려서 무너지고 만다. 젊었을 때는 덜 사랑하는 부자 남자와 많이 사랑하는 가난한 남자 중 어떤 이를 택할 것인가라는 질문에 당연히 사랑을 택했었다. 그러나 지금은 덜 사랑해도 돈 많은 사람을 택할 것이다. 그러면서 무슨 말이 그리

많나 하며 나를 질책하지만, 그래도 사랑만큼은 페이크 러브를 하
지 않았으면 하는 바람이 가득하다.

우리 그냥 러브 합시다.

(갈뫼 48호)

구천구백 원

신발 한 켤레가 구천구백 원이다. 그 열 배를 더하고도 삼만 원을 더 한 숫자로 신발을 사신던 기억이 가물가물하다. 어느새 내 신발들은 명품 딱지를 떼고 인터넷 홈쇼핑 딱지를 달고 있다. 여름 신발, 겨울 신발을 정리하면서 '휴우' 내던지는 내 한숨 소리. 명품 딱지 쳐다보려니 한숨만 나온다. 옷도 그렇다. 지난 옷들은 다 작아서 입지도 못해 다시 장만하려니 힘겹다. 비싼 옷들이라 버리지도 못하고 수선하려니 수선비도 만만치 않아 이래저래 옷장 속에서 썩고 있다.

구천구백 원 인터넷 쇼핑이 또 시작이다. '이걸 입어야 할 용기가 필요해' 하며 덥석 주섬주섬 입고 나를 감추고 간다. 딸아이는 "엄마, 제발 한 가지를 사더라도 비싼 거 사세요."라고 한다. "너 살아봐라 그게 되나?" 많은 상품권이 선물로 들어와도 비싼 신발 한 번을 사 신어 보지 못했다. 3개월이 멀다 하고 신발이 망가져 오는 남편을 위해 신발 사기 바빴다. 메이커 신발 한번 신어 보는 게 소원이던 어느 날, 동생이 구두 상품권을 주면서 "제발 언니, 이건 꼭 언니 사 신어." 하길래 큰맘 먹고 신발을 하나 샀다. 정말 비싼 신발이었는데 애 키우면서 편한 신발 신고 다니며 아끼다가 결국 못 신고 신발장에서 놀고 있다.

내 신발장에 신발이 가득하다. 값비싸고 맘에 드는 신발을 하나 사놓으면 사춘기 겪는 딸아이가 어느새 몰래 신고 나가 다 망가트리고 온다. 옷도 그렇다. 드라이클리닝 해야 하는 옷을 입고 다니며 김칫국물을 질질 흘리고 여기저기 뜯기고… 아까워 입지 못했던 옷과 신발들 때문에 아이와 늘 전쟁을 치렀다. 친구들은 내가 옷이랑 신발을 애들처럼 신고 다녀서 그런다고 했다. 생각한 끝에 반짝이 종류의 옷을 사 입었다. 그리고 싸구려 신발만 샀다. 그랬더니 전쟁이 끝났다. 그렇게 시작한 인터넷 쇼핑 구천구백 원 맛이 괜찮지만, 어떤 것은 정말 잘못 사서 버리는 것도 있다.

언제가 신문을 보니 93년 서울 창동에 이마트가 처음 선보이고 96년 정부가 유통시장을 전면 개방하면서 대형 할인점 뿐 아니라 인터넷 쇼핑몰과 홈쇼핑이 많이 늘어났다고 한다. 등장 10년이 막 지났을 뿐인데 인터넷 쇼핑몰인 G마켓의 그해 매출이 4조 원을 기대하고 있다고 한다. 미국에서 30년이 걸리던 일이 국내에서는 10년 만에 이뤄졌고 나 같은 홈쇼핑 인구가 어마어마하게 많다는 것이다.

예전에는 재래시장을 돌아다니며 발품을 팔아 물건들을 사곤 했다. 언제인지는 기억나지 않지만 길거리 쇼핑하면서 이만 원짜리 구두를 사 들고 와 횡재를 한 양 들떠 좋아하던 시절이 있었다. 그러나 이젠 그럴 것도 없다. 너무도 편리하고 척척 배달해 주는 홈쇼핑이 있으니 말이다. 이로 인해 서민경제의 한 축인 재래시장이 속속들이 문을 닫아 심각한 문제가 발생하기도 한다지만, 시대에 따라 적응하는 변모가 필요했기에 나도 그 계열에 끼어 안방에 앉아서 쇼핑하는 시대를 즐기기로 했다.

하지만 난 가끔 재래시장을 찾는다. 옛날 내가 다니던 그런 재래시장은 이미 오래전에 없어졌지만, 하루 종일 발이 아파도 그 추억들을 되새기며 시장을 한 바퀴 돌아오고 나면 나도 모르게 미소가 지어지곤 한다.

요즘은 언론이나 지역에서 쇠퇴해 가는 재래시장의 기능을 어떻게 하면 회복하고 활성화할 수 있을까 고심을 하고 있다. 지난 2004년엔 '재래시장 육성을 위한 특별법'을 만들고 경영혁신과 시설 현대화에도 나서고 있다. 나도 그 고심에 한몫을 해야지 하며 가끔 재래시장을 찾지만 역시 편리한 것은 어쩔 수 없는 노릇이다. 대형마트와 비교해 볼 때 검은 봉지에 물건들을 다 담아 들고 다니다 보면 어깨 빠지게 아프다. 그러나 대형마트를 가면 편리한 카트에 물건을 다 싣고 아이 쇼핑하면서 즐길 수 있다. 아무리 생각해 봐도 그렇다. 과연 우리 아이들이 대형마트에 가는 것보다 재래시장을 가려 할까 싶다. 점점 편리화되는 시대, 사람의 마음도 편리화로 변화되고 있다.

옛날 어른들의 살림들을 보면 모두 다 정말 기막힌 기술이며 생활이다. 예를 들면 음식의 독을 금방 알아차릴 수 있어 은수저를 썼던 지혜가 있다. 그런 지혜로운 생활이 편리함 때문에 사라지고 있다. 나 역시 지금은 매번 갈고 닦아야 하는 번거로움 때문에 은수저를 안 쓴 지 오래지만, 옛것들을 좋아해 한동안 은수저를 쓰던 시절이 있었다. 그 시절의 우스운 에피소드가 생각난다.

남편이 자주 술을 먹고 들어오길래, 계속 그러면 국에 술 못 먹는 약을 타서 먹일 거라고 농담을 한 적이 있다. 그 이야기를 까마득히 잊어버리고 며칠 지나 계란찜을 했다. 은수저로 계란찜을 푸면 은수저가 시커멓게 변해버린다. 그날도 술을 잔뜩 먹고 와 술해장엔 계란찜이 좋다고 해 계란찜을 밥상에 올려놓았다. 남편이 계란찜에 수저를 넣는 순간 색이 까맣게 변했다. 그러자 얼굴이 하얗게 변하더니 술이 다 깨듯이 나를 쳐다본다. 그 모습이 얼마나 우습던지… 그 전날 한 농담에 기겁하며, 어서 먹으라고 원래 그렇다고 해도 수저로 계란을 먹지 못했다. "그렇게 공부를 잘했다면서 계란 안에 있는 황이 은수저의 은과 화학반응을 일으켜 검게 되는 것도 모르냐, 죄지은 게 많아?" 하고 소리를 질렀던 기억이 난다. 나중에서야 남편도 "그렇지" 하고 낄낄거리며 웃었지만 순간 머릿속이 하얗게 되어버리고 정말 놀랐단다.

점점 편리함을 추구하는 시대. 음식문화도 얼마나 많이 인스턴트로 바뀌어 가고 있는가? 나 역시 이 시대에 부응해 가면서 오늘도 홈쇼핑에 눈을 떼지 못하고 있다. 어쩔 수 없는 시대적 적응이라고 합리화를 시켜가며 아이와의 전쟁을 핑계 삼아 구천구백 원을 즐기고 있다.

(갈뫼 37호)

운전 매너

도로는 2차선이다. 앞의 차는 좌측 깜빡이를 넣고 서 있다. 그 뒤로 내 차가 서 있다. 가고 싶지만 차선이 하나밖에 없으니 앞차가 가기만 기다리고 있다. 그런데 뒤에 경적소리를 내고 난리를 친다.

'날 보고 어쩌라고. 저 차를 넘고 내 차를 넘어설 자신이 있으면 가라구.' 혼자 속으로 외쳐보았지만 경적소리가 귀를 따갑게 한다. 앞차가 좌회전 신호를 받고 가버리자 뒤차가 나를 노려보더니 차에서 연신 욕지거리를 하고 간다. 휴~ 한숨이 나온다.

'무식하고 이 무식한 인간아, 내가 안 갔냐?' 나도 열이 받아 그 차를 쫓아갔다. 일부러 쫓아간 것이 아니라 차선이 2차선이니 그렇게 되었다. 할 수만 있다면 복수를 하고 싶었다. 나도 똑같이 할 수는 없지만 그 차가 좌회전 선에 멈추어 있을 때 엄지손을 내밀어 복수를 했다. 때아닌 옆 차들의 웃음소리와 박장대소를 하는 모습들이 보였다. 같이 진행을 하며 오던 차들이었기 때문이다. 어떤

이는 날 보고 잘했다고 굿(good)이라는 표현을 해주며 용기를 주었다. 내가 욕을 한 셈인데도 말이다.

언제가는 하도 급한 시간 약속 때문에 정신없이 막 달리다 보니 멀리서 신호가 빨간색으로 바뀌었다. 신호를 못 보고 달릴 뻔하다 아차하며 급브레이크를 밟았다. "휴~ 큰일 날 뻔했네." 하고 안심을 하고 있는데 뒤차가 가라고 빵빵거리고 난리다. '설마 나보고 가라고 하는 거는 아니겠지' 하고 그냥 무시했다.

그러나 자꾸 빵빵거렸다. 신경이 쓰여 창문으로 고개를 내밀어 뒤차를 보았다. 날 보고 가라고 손짓을 하며 난리를 쳐대는 것이었다. "뭐라고? 이게 미쳤나. 날 보고 이 빨간불에 가라고?" 소리를 질러버렸다. 나 때문에 급브레이크를 밟았다고 가려면 가지 왜 섰냐고 시비를 거는 거다. 순간 나도 모르게 "이 정신병자" 하고 소리를 지르고 말았다.

그 사람 한 손에 휴대전화가 보였다. 운전 중 통화를 하고 있던 것 같다. 차 번호를 외워 운전 중에 휴대전화를 했다고 신고하고 싶은 만큼 화가 났다. 휴~ 운전하다 보니 별의별 일이 다 있구나 하고 옆 차선을 보니 상대편 어떤 아저씨가 자기 일도 아니면서 '빨간불인데 왜 가라고 하냐'며 내 뒤차에 대고 막 욕하고 있다. 참 이것도 별일이다. 오지랖도 넓다 생각했지만 내심 속으로는 아주 후련했다. 아니 운전 매너들이 다들 왜 저 모양인지 한심했다.

그전에 주택에 살았을 때다. 차를 산 지 일주일만에 차 측면이 박살났다. 누가 박아버리고 간 것이다. 얼마나 속상하던지 동네를 다 뒤졌다. 내 차와 부딪친 것 같은 위치가 찌그러져 있는 수상한 차 한 대를 발견했다. 심증은 있으나 물증이 없으니 이러지도 저러지도 못하다가 이야기는 해봐야겠다고 하고 찾아갔지만 자기가 했다고 하겠는가? 이래저래 당황하고 말이 앞뒤가 안 맞는 모양새가 범인인 듯했다. 하도 약이 올라 양심적으로 살라고 소리를 질러대고 분명 내게 한 만큼 당할 거라고 악담을 퍼붓고 왔지만 너무 속상해 엉엉 울고 말았다.

그 사람은 동네에서도 소문난 음주 운전자에다 남의 차를 자주 박고 다닌다는 사람이니 조심하라고 했었다. 더구나 새 차는 꼭 그 차에 당한다고. 결국 내 차도 산지 일주일 만에 당했다. 차량이 망가진 그날은 비도 엄청 왔기에 그 자리에 주차를 하면서도 많이 불안했었다. 여러 번 다른 곳으로 옮길까 고민하다 비가 많이 오기에 귀찮아 적당한 주차를 한 내가 잘못이라 자책을 하고 위로했다. 하지만 양심 없는 그 누군가 때문에 차를 산 지 일주일 만에 공장에 들어가야 했다. 그 일을 생각하면 지금도 속이 쓰리다.

우리 아파트 주차장은 다른 동보다 가구 수가 적어 주차 공간이 좁다. 여덟 시가 넘어 버리면 주차장이 꽉 차버린다. 그래서 늦은 시간까지 있어야 할 상황이라면 꼭 차를 두고 가야만 했다.

사람마다 가지가지 모양새로 주차를 한다. 주차하는 모양새도 늘 비딱하게, 옆선까지 침범하여 두 공간을 혼자 차지하며 뻔뻔스럽게 주차하는 사람도 있다. 후면 주차인데도 들어가기 싫어 입구를 막고 측면 주차를 하여 아까운 주차 공간을 막아버리는 사람도 있고, 중앙에 측면 주차를 하여 오도 가도 못 하게 모든 자리를 차지하는 사람들도 있다.

꼭 얄밉게 주차하는 차도 정해져 있다. 다들 그 차를 얄미워하니 어떤 사람은 농담으로 '긁어버려' 하면서 못도 쥐어 준다. 과연 그들은 정말 운전 면허 때 교육을 받을 것일까? 오래전에 교육을 받아 내가 주차 교육을 받았는지 기억이 나지 않지만, 남을 배려하지 못하더라고 최소한 양심껏 주차를 해야 하는 것은 아닐까 한다. 아니 왜들 그렇게 운전 매너가 빵점인지 정말 모를 일이다. 주차 문제로 살인사건도 많이 나는 걸 보면, 비매너 주차가 얼마나 열 받는 일인지 알 수 있다.

우리나라 운전 매너는 너 나 할 것 없이 아주 거칠다. 나도 언젠가부터 운전을 아주 험하게 한다. 오죽하면 아는 남자 후배 녀석이 내 차를 타면 무섭다고 한다. 왜 그렇게 달리냐고, 운전대를 내놓으라고 난리를 부려 가끔 그 후배랑 모임을 동행을 할 때는 운전대를 넘겨 주곤 한다. 그래, 운전 버릇을 고치자 하며 아주 조심스럽게 하려고 해도 여전히 운전이 거칠다. 왜 우리 사람들은 운전대만 잡으면 거칠고 쓸데없는 승부욕까지 키우는 걸까.

예전에 잠깐 직장을 다니던 때 너무 멋있고 매너 있는 상사가 있었다. 그분은 늘 점잖고 말도 사근사근하셨다. 그런데 하루는 직원 모임이 있어 그분 차를 얻어 탔는데 난 다신 그 차를 타지 않겠다고 다짐을 했다. 운전을 너무 거칠게 해서 이십여 분 동안 죽음을 앞당기는 듯한 공포를 느꼈기 때문이다. 또 다른 상사는 말도 거칠고 우락부락하고 성격도 괄괄했었는데 운전은 너무 소심하다고 느낄 만큼 아주 편안하게 했다. 사람마다 운전 습관이 평소 성격과는 상관없이 다르다는 것을 그때 알았다.

서울에서 사는 동생이 회사에서 회식을 마치고 어쩔 수 없이 너무 늦은 밤에 운전하고 오며 곤욕을 치른 적이 있었다. 신호 대기 중에 서 있었는데 옆 동네 차들이(약간 술기가 있는 남자들이) 아예 고개를 내놓고 동생에게 음흉스러운 시선을 보내며 노골적인 대화를 시도하더란다. 동생이 화가 나서 신호가 바뀌지도 않았는데 액셀러레이터를 밟는 시늉을 내었더니 그 무례한 차들이 확 앞으로 나가며 비신호에 달려가 버렸다고 한다. 그러다 사고 나면 어쩌려고 넌 거짓 모양을 했냐고 했더니, 여자가 운전한다고 자기를 비아냥거리며 '내가 먼저 가야지(달리기 하는 제스쳐를 취하며 놀리는 포즈)' 하면서 달리기 시합을 하듯 계속 달라붙으며 약 올리더라는 거다. 동생이 오죽 불쾌했으면 그랬냐 싶다.

아주 옛이야기이지만 그전에는 여자가 운전하면 밥하고 나왔냐? 집에서 살림이나 하고 있지 왜 나다니냐? 하면서 비웃는 시절이 많았었다. 또 봐서 좀 느리다 싶으면 빵빵거리고, 여자구나 하면서 비웃고 그런 시절이 있었다. 요즘도 은근슬쩍 그러기도 한다.

며칠 전 몸이 좋지 않아 서행운전을 하면서 왔다. 뒤차가 바싹바싹 붙는 폼이 추월하고 싶은 모양이었다. 나도 빨리 달리고 싶었지만 2차선이었고 앞에 덤프트럭 두 대가 천천히 달리고 있어 어찌할 도리가 없었다. 빨리 가고 싶으면 가라고 양보를 하며 천천히 갔다. 냅다 내 차를 추월하다 앞에 덤프트럭이 두 대라는 것을 알아차리고 다시 추월도 못하고 내 차 앞으로 도로 들어와 저도 서행을 한다.

"바보야, 내가 추월 안 하는 이유가 있어. 이 바보야. 너나 나나 천천히 갈 수밖에 없다." 하고 비웃었다. 누가 빨리 갈 줄 몰라서 못 가느냐 말이다. 운전이 초보가 아닌 이상 천천히 갈 때는 그만한 이유가 있다는 걸 왜 모르는지. 그렇게 달려드는 사람들을 이해하기 어렵다. 4차선이 되어서 나는 그 차를 힐끗 보고 미소를 지었다. 그 차는 멋쩍은 듯이 나를 슬쩍 보는 것 같았다. 그리고는 나도 그 차보다 빨리 달려 버렸다.

또 언제가 민방위 훈련을 하고 있어 민방위 대원들이 차를 멈춰 세우고 앞을 막고 있어 도로로 나가지 못하는 상황이 있었다. 내 뒤차, 뒤차들은 상황을 가만히 기다리고 있는데 세 번쯤 뒤엔가 빵빵거리고 난리가 났다. 못 간다고 상황을 설명해 주었는데도 반대편 중앙선을 넘어 나를 욕하며 나갔다. 결국 저도 중간에 서버렸다. 쫓아가서 한 대 쥐어박고 나한테 욕한 것을 되돌려 주고 싶은 마음이었다.

나도 언젠가부터 주차도 내 맘대로 하고, 운전하다 앞의 차가 달리는 게 조금 늦는다 싶으면 추월하고 경쟁한다. 주차가 똑바로 되지 않으면 몇 번이고 주차선에 넣으려고 온갖 힘을 쏟아붓는 날 보고 후배들이 '주차 자(센티미터 재는 자)'라고 별명을 불려대며 놀렸는데, 그런 나도 이젠 변해가고 있다.

우리나라 운전심리에 대한 조사가 있었다. 신호가 바뀌었을 때 뒤에 차가 기다려 주는 시간을 조사한 것인데 소형 티코는 바로 클랙슨을 울리며 빵빵거리며 난리를 쳐대고, 중형차는 조금 기다려 주고, 고급차는 그 차가 갈 때까지 기다려 준다고 했다.

그것을 본 우리 아들이 엄마는 소형차 절대 사지 말라고 충고를 해 준다. 엄마가 운전을 많이 하고 다니니 무시당하면 안 된다고 전적으로 말린다. 그게 무슨 상관이냐고 우기며 경비 적게 들고 튼튼하고 안정성이 우선이다라고 했지만 고지식하고 정확한 아들 녀석이 우기는 이유가 있었다. 엄마가 힘들게 일하려 다니는데 도로에서까지 무시당하는 것도 싫고 위험도 줄이고 하니 말이다. 그러니 절대 소형차는 사지 말라고 해 웃음이 나왔지만 사실 운전을 하고 다니다 보면 (정말 사람의 값어치를 차로 평가하고 싶지는 않지만) 무대포로 달리는 차들은 욕먹을 만하다. 또 그 차를 보면 그 값어치를 하는구나 하고 보게 된다.

다 그런 것은 아니지만 정말 멋지고 비싼 차를 탄 운전자는 양보도 잘하고 매너도 좋다. 그렇다고 내가 고급차를 옹호하는 것도 아니고 그들의 편도 아니다. 내 차도 고급차는 아니다. 그러나 대부분 중소형차가 가장 매너 없이 달리고 신호도 무시하고 막 달린다. 그 중에서도 매너 없는 사람들이 타는 차종이 있다. 내가 거의 십 년이 넘도록 운전을 하며 보아왔지만 그 차를 타고 다니는 사람들 대부분은 다 그렇더라 이거다. (안 그러는 운전자에게는 양해를 구한다.)

차가 싸고 비록 값어치 없는 것이라도 매너 있고 정확한 신호를 지키면 얼마나 좋을까. 위험이란 단어로 옆의 운전자를 위협하지 않고 다니면 얼마나 행복한 운전 사회가 될까. 우리는 왜 운전대만 잡으면 그렇게 될까? 왜 가장 소중한 목숨을 담보로 잡고 위협하고 다니는 운전자로 돌변하는가 말이다. 정신을 차리자. 조금 더 일찍 서둘러서 늦지 않도록 하자. 남의 생명이든 나의 생명이든 얼마나 소중한가.

언젠가 나는 내 뒤차를 줄지어 멈추게 한 일이 있었다. 줄줄줄

여러 대의 차가 밀려 있었어도 한 대도 빵빵 거리지 않았다. 물론 거리가 시각적으로 넓은 차선이라 앞의 상황을 다 볼 수 있었기에 그렇지만 한 사람도 클랙슨을 울려 대지 않았다. 내 차 앞에서 강아지 한 마리가 방황을 하며 차를 가로막고 있었기 때문이다. 난 그 강아지가 도로를 건널 때까지 기다려야 했다. 다른 차들도 그 것을 인정해 주었다. 얼마나 아름다운 풍경인가. 그 소중한 생명을 지키기 위해 우리는 멈춰 서 있었다. 우리가 운전을 할 때에는 아주 소중한 생명들이 거리를 활보하고 있다는 것을 잊지 말자. 우리는 그 소중한 생명들을 보호하고 지킬 의무와 권리가 있다.

처음 초보운전 때 일이다. 집 앞에서 거리로 나가려면 차를 반대편 차선으로 돌려야 한다. 겨우 직진만 할 때라 엄두도 못 내고 끙끙거리며 차를 돌리고 있던 중 공간을 너무 작게 잡아 범퍼를 도로 선에 박고 말았다. 다시 후진을 해서 빼내야 하는데 저 멀리서 커다란 덤프트럭이 달려오고 있는 거 아닌가. 나는 무서워 비딱해진 차를 내버려 둔 채로 손 신호로 "멈춰요, 멈춰요" 하면서 그 차를 세웠다. 그 덤프트럭 운전자는 내가 끙끙거리며 차를 제자리로 옮길 때까지 뒤차의 빵빵거리는 욕도 다 막아 주고 기다려 주었다. 겨우 차를 빼 한쪽에 세워 놓고 감사하다며 몇 번을 고개 숙여 인사를 하고 나니 그제서야 다리가 후들거렸다. 운전이 이렇게 무서운 거구나 하고 깨달았고, 그때 이후 며칠은 운전을 못했었다.

그랬던 시절을 잊고 이제는 내 앞에서 운전을 더디게 하면 화를 낸다. 이젠 운전을 오래했다고 자부하면서 모르는 차가 어려워하며 주차를 못하면 나서서 해주기도 한다. 주차장에서 차를 못 **빼면** 아주 능숙하게 차도 **빼** 준다. 그리고 마트에 가서든 어디든 한 번에 주차를 성공하면 나름 자부심도 느낀다. 몇 번을 돌려 가며 주차하던 시절을 잊고 말이다.

모임에 갔을 때 모임 식구들이 음주운전을 하면 안 되니 대신 대리운전자가 돼 주는 것도 부지기수다. 그러나 대리운전이라는 직업이 생기고 나서부터 대리운전은 안 해준다. 그들도 먹고 살아야 한다며 핑계를 대지만 운전이 언제가부터 무서워졌기 때문이다.

그래 운전은 무서워 해야 한다. 운전은 늘 초보여야 한다. 늘 긴장해야 한다. 그리고 늘 조심해야 한다. 나도 멋진 운전자, 매너 있는 운전으로 하루를 시작하자. 생명은 늘 소중하니까…

(갈뫼 40호)

잡동사니

나는 꼬박 밤을 새워서라도 물건을 정리하지 않으면 잠을 제대로 못 자는 깔끔한 성격이었다. 아침에 일어나 장롱문을 열고 일렬로 나란히 개켜져 있는 이부자리를 보며 회심의 미소를 짓곤 했다. 그러나 며칠이 지나고 나면 장롱 안은 다시 엉망진창이다. 정리할 줄 모르는 식구들 때문에 언제나 스트레스를 받는 것은 나 혼자였다.

집안 곳곳 책이랑 살림살이들이 제 자리에 정갈하게 정리되어 있지 않으면 잠을 못 잤다. 침대보가 조금이라고 까끌거린다 싶으면 자는 사람을 깨워서 이부자리를 털고, 등이 배긴다 싶으면 잠자다 말고 이불의 주름을 펴고… 그 곤욕을 치르던 그는 몇 년을 참다 소리를 질러댔다.

"난 걸레 들고 다니는 여자가 싫어."

왜 그랬는지 나는 그때 허구한 날 쓸고, 닦고, 탈탈 털어댔다. 하루에도 몇 번이고 쓸고 닦고 하니 동네 언니가 한소리 했다.

"너무 쓸어대면 복 달아난다."

그런데 지금 내 장롱 안은 뒤죽박죽이다. 이부자리가 대충 개켜져 있어도, 옷장 안이 마구 뒤섞여 있어도 그냥 지나쳐 버리기 일쑤다.

이곳 아파트로 이사 와 베란다를 작은 화실로 꾸몄다. 지물포에서 사 온 나무무늬 장판을 깔고 이젤과 화구 박스, 사물함 겸용으로 쓰던 커다란 깡통 위에 하얀 레이스 보를 덮어 방석 하나 놓고 의자로 쓰면서 나의 베란다는 그렇게 화실이 되어 만났다.

아파트 뒤에 도로가 나기 전까지 내 작은 화실은 여름이면 풀숲에 숨겨진 풀벌레가 연주하고 커다란 산등성이 메아리가 장단을 맞추는 정겨운 곳이었다. 빗소리를 타고 흘러내리는 개구리의 합창이 시작되면 여름도 같이 왔다. 베란다 창문에 기다란 빗줄기 줄무늬 그림이 그려지고 그 사이로 들려오는 그들의 합창소리는 어떤 때는 아름다운 자장가로, 어떤 때는 엄마를 찾는 구슬픈 소리로 내게 다가왔다. 겨울이면 눈이 함박 쌓인 산동네, 그 너머로 설악산 봉우리들의 정기가 아침마다 나를 깨웠다. 잠이 오지 않을 때는 그 작은 화실에서 그림을 그리면서 시간을 보냈고, 가슴이 쓰린 날은 달님과 눈을 맞추며 이야기를 나누고 외로운 가로등 불빛과 마음을 나누었다.

그랬던 베란다가 이제는 창고가 되어버렸다. 이제는 그곳에 쓰다만 스케치북과 물감들, 그리고 헌 크레용, 버리지 못한 컴퓨터 모니터와 읽지도 않는 책들이 쌓여만 간다. 나의 게으름을 탓하기 전에 아파트 뒤로 세워진 건물 때문에 산 위로 덮은 무성한 여름도, 눈 덮인 산도 볼 수가 없기 때문이라고 핑계를 댄다.

그렇게 깔끔을 떨던 나는 어디론가 사라지고, 언제부터인가 옷장에는 가득 찬 철 지난 옷들이, 거실과 베란다에는 보지도 않은 책들과 잡동사니들이 내 나이만큼 자꾸 쌓여만 간다. 난 그것들은 정리하지도 못하고 털어내지도 못했다. 무슨 미련이 그렇게 많이 남아 이 자질구레한 찌꺼기를 안고 사는 걸까?

아마도 삶의 고단함 때문이 아닐까. 일하고 돌아오면 온몸이 지친다. 나도 치우고 정리하고 싶지만 집에 오면 눕고 싶고, '내일 하지' 하는 습관으로 이젠 산더미 같은 짐들이 내가 사는 세월만큼 쌓여 가고 있다. 살아가는 데 필요한 물건은 왜 이렇게 많은 걸까?

잘 버리지 못하는 습관을 바꿔 보려고 캐런 킹턴의 『아무것도 못 버리는 사람』이란 책까지 샀다. 그 책의 첫 장의 문구는 이렇게 써 있었다.

우리는 완벽을 추구하는 것이 아니다. 단지 우리의 공간을 막고 있는 잡동사니에 슬기롭게 대처하고 앞으로의 삶을 즐기려는 것이다.

잡동사니는 종류를 막론하고 공간 에너지의 유연한 흐름에 방해가 된다. 또한 거주자의 삶을 가로막거나 혼란을 부추기기도 한다.

그럴지도 모른다. 맞는 말이다. 그러나 알면서도 실천하지 못하는 게 문제다. 우리의 삶의 무게만큼 쌓이는 잡동사니들은 물건뿐이 아니다. 마음속에 있는 잡동사니들도 많다. 지나온 과거에 대한 미련, 후회, 그리고 현재 내가 안고 있는 욕망덩어리들…

세익스피어의 「오셀로」에서는 질투로 시작된 욕망의 덩어리들이 아내를 의심하기 시작하여 결국 아내를 살해하고 자신도 자살하는 비극을 맞고 만다. 대부분 남녀관계에 있어서 너 나 할 것 없이 상대에 대한 욕심이 생기고, 결국은 그 질투가 왕성해지면서 상대를 끝없이 의심하며 가지를 키운다. 오셀로 증후군, 흔하게 의부증(혹은 의처증)이라고 한다. 그 병은 진실조차 거짓으로 느끼고 자신만의 생각으로 치닫기 때문에 상대가 아무리 해명을 해도 의심을 거두지 않고 결국 알코올 중독, 살인, 자살까지 이어지기도 한다.

우리는 가끔 자신의 욕망덩어리를 잠재우지 못해 가치관, 의식, 도덕적 부재를 갖게 되기도 한다. 그 욕심이 무엇이길래 네 것, 내 것을 가리는 소유욕으로 싸움하고 인생의 종말을 맞기도 하는지…. 결국 내려놓지도 버리지도 못하고 내 마음에 쌓아가는 욕심

덩어리들의 부산물일지도 모른다.

"우리는 필요에 의해서 물건을 갖지만, 때로는 그 물건 때문에 마음이 쓰이게 된다. 따라서 무엇인가를 갖는다는 것은 다른 한편 무엇인가에 얽매이는 것, 그러므로 많이 갖고 있다는 것은 그만큼 많이 얽혀 있다는 것이다."라며 법정 스님은 무소유를 실천하신다.

이제 나도 좀 버릴 것은 버리고 살아야겠다.

나눔

　나는 일주일에 한 학교씩 요일마다 찾아가는, 소위 특기적성 외부 강사다. 그러나 한 학교를 오래 다니다 보니 그 학교의 사정들을 속속들이 다 알게 되고 그곳의 일원이 된다. 가끔 학교에서 농사를 지어 고구마, 가지, 호박, 여러 가지 농산물이 나오면 하나씩 내 손에 쥐여 주며 갖다 먹으라는 교장 선생님. 옥수수가 맛있다고 가져가서 쪄먹으라고 서너 개씩 쥐여 주는 교무 선생님. 그렇게 손에 쥐여져 오는 것도 한 보따리다.

　그런데 어떤 학교는 교무실에 수북이 음식이 쌓여 넘쳐나도 먹어 보란 말 한 마디조차 없다. 그렇다고 내가 그것을 욕심을 내거나 서운하게 생각하는 것은 아니다. 사람마다 생각과 입장이 다르다는 것을 알고 살 나이는 되었으니까.

　그러다 문득 이런 생각이 들었다. 과연 나는 다른 이들에게 얼마나 많은 것들을 나눠 주었을까? 아이들 수업 말고도 엄마들이 수강

생인 수업도 있는데, 그 수강생들에게서 고맙다고 식사도 대접도 받고 소소한 선물도 많이 받았다. 하지만 난 그들을 위해서 얼마만큼 나눠 주었을까 생각해 본다.

'콩 한 쪽이라도 나눠 먹으라'는 격언은 옛말이다. 요즘은 재산에 눈멀어 부모를 죽이는 패륜아가 심심찮게 발생하고, 형제지간이 재산 때문에 법정 싸움까지 가는 나눔에 인색한 세상이다.

예전에는 수업 시간에 손주를 맡기신 할아버지께서 나누어 먹으라고 옥수수를 한아름 쪄오셨다. 그때만 해도 인심이 후했는데 지금은 그렇지 않다.

어떤 학교는 물 한 모금 얻어먹지 못해 목이 타들어 가는 속상함을 가지고 돌아오기도 했다. 내가 물을 싸서 갈 걸 하는 후회스러움으로 요즘은 어지간하면 내가 물을 가지고 다닌다. 그 후에 아는 교감 선생님께 그 이야기를 하면서 외부 강사가 오면 반갑게 아는 체도 좀 하고 시원한 물도 좀 권하라고 했더니, 요즘 학교에서는 정수기 사용이 금지되어 생수를 개인이 싸서 다니거나 사서 먹는다고 말씀을 하신다.

항상 상대편에서 생각한다는 것은 중요한 것이다. 정수기 사용이 금지된 환경이 있다지만 정수기가 있었다고 해도 그들은 그런 생각을 하지 못했고 알지 못했을 것이다. 세상 인심이 아무리 바뀌었다고 해도 가끔 밖에서 오는 외부 강사들에게 '어서 오세요. 차

한 잔 하고 가세요.' 하는 한마디 정도 한다면 얼마나 좋을까 생각했다. 어쩌면 이런 생각은 내가 외부 강사이기 때문에 갖는 생각일 수도 있고 다른 이들에게 무언가 대접받고 싶은 나의 욕심도 있을 수도 있다.

사회는 점점 인색해지고 개인주의 성향이 강해지면서 친구와 이웃의 개념이 점점 희박해지고 있다. 나도 서울에서 자라서인지 개인주의 성향이 강하고 시골 인심과는 거리가 멀었었다. 그러나 속초에서 산 지 15년, 나눔이 무엇인지 알고 많은 것을 나눠주기도 한다. 내가 그들한테 받으면 무엇을 주어야 하는지도 안다. 물론 나도 가끔 많은 것을 준 사람들을 잊고 살 수도 있다.

원래 잘 나누어 주는 사람이 있고 잘 나눠 주지 않는 사람이 있듯이 사람마다 생각이 다를 것이다. 자린고비처럼 자신의 것을 움켜쥐고 있는 사람들도 허다하다. 가진 것이 오히려 많은 소위 10% 상위 그룹이 더 많은 것을 가지려 남을 속이고, 법을 어기다 결국은 9시 뉴스거리가 되곤 한다. 입으로는 늘 '노블레스 오블리주'를 떠들면서 말이다. 나눔을 주는 사람들은 보면 부자가 아닌 넉넉지 못한 사람들도 많다.

지난 세월을 돌이켜 보면 우리 부모님들도 참 잘 나누는 분들이었다. 이웃을 챙길 줄 아셨고 자신보다 다른 이들을 위한 삶을 사신 분들이셨다. 생각해 보니 옛날 서울에 살 때 나도 많은 것들을 나눠 주고 살았었다. 17년 전쯤, 한 후배가 이혼하고 당장 갈 곳이 없어 추운 겨울에 아이를 슬리퍼만 신기고 찾아왔었다. 난 그 후배에게 우리 아들이 신고 있던 신발까지 내주었다. 내 옷은 못 사 입어도 나를 찾아오면 옷도 사서 보냈고, 또 내가 병원에 누워 있을 때 어머니가 꼬깃꼬깃 용돈을 모아 내 손에 쥐여 주던 그 돈도 후배에게 쥐여 주기도 했었다. 그러나 지금은 그와 연락이 되지 않는다. 그는 과연 나를 기억할까?

아니, 나는 지금 내가 정말 어려울 때 내 손에 무언가 쥐여 주던 다른 이들을 기억할까? 내가 기억하지 못하는, 나에게 베풀어 준 이들을 다시 생각하며 살아야겠다.

지금도 나는 다른 이들에게서 많은 것들을 받고 살아가고 있다. 너무나 감사한 이들이 내 곁에는 많다. 가끔 내가 이렇게 많이 얻고 대접받아도 될까라는 생각이 들 때가 있다. 그런 이들에게 미안해할 때마다, 그들은 그동안 많이 베풀어서 그런다 하며 더 주지 못해서 안달이다.

곧 추운 겨울이 다가온다. 나도 내 고마운 사람들에게 수면양말이라도 하나씩 사서 선물해야겠다.

'내 마음처럼 따습게 지내세요.' 하고 말이다.

(갈뫼 43호)

소중한 인연

인연은 참 소중하다.

요번 코로나19 사태로 인연 하나 잘못 엮인 관계로 온 세상이 풍비박산이 나는 것을 보았다. 신천지 사람들… 문득 나에도 좋은 인연은 누구일까 생각을 하게 되었다.

코로나19로 인해 모든 일들이 중단되어 쉬어야 하는 상황에 젊은 후배들이 냉파로 견디어야 한다는 소리를 한다. 그것이 무엇이냐고 하니 '냉장고 파먹기'라는 거란다. 그래서 나도 한동안 냉파를 하였다. 냉장고를 파먹으면서 생각했다. 내가 얼마나 많은 것들로 냉장고를 가득 채워 넣었는지 많은 반성도 했다. 불필요한 것들을 끄집어내다 보니 나의 욕심들로 가득 찬 냉장고로 보였다.

이번 사태에 잘 대처하고 있다고 생각했는데 바보스럽게도 정작 준비해야 했던 손 소독제, 마스크 이런 것들을 준비하지 못했다. 물론 갑작스러운 코로나19 사태가 올지 몰랐기 때문이다. 더구나 학교에 가면 소독제가 항상 배치되어 있고 마스크도 주겠다 싶어 준비하지 않고 안일하게 있었다.

음식을 하다 손을 데어 약국에 소독약을 사러 갔다. 그때서야 소독제도 동이 난 것도 알았다. '그래 그럼 손 소독제를 만들면 되지.' 뭐든 사는 것 보다 만드는 것을 좋아해 만들어야겠다 생각하고 알코올 등 부수 물품을 사려고 인터넷을 뒤졌다. 세상에, 다 품절이다. 겨우 한 군데를 뒤져서 샀다. 손 소독제를 만들어 성당 신부님과 수녀님께 만들어 드리고 나서 여기저기 더 필요한 거 같아 구하려고 했지만 더 이상 사지는 못했다. 소독제도 대란이다.

소독제 뿐만 아니라 마스크가 동이 나 난리 통이 되었다. 마스크 대란이다. 그래도 다행히 아들이 군대 다니던 시절에 두고 갔던 밀리터리 천 마스크가 있어서 그걸 쓰기로 했다. 예쁘기도 하고 패션에 민감한 나로서는 만족스럽게 하고 다녔다. 그러나 천 마스크는 안 되고 K98 마스크를 써야 한다며 난리도 아니다. 세상이 전쟁터 같았다. 바이러스 전쟁 속에서 약삭빠른 사람들은 이미 마스크와 손 소독제를 사재기했다.

고민을 하다가 옷을 만들려고 사 놓은 천들로 마스크를 만들기 위해 미싱을 돌리기 시작했다. 일회용 마스크는 살 수 없으니 세 겹으로 만들어 빨아서 쓰면 되겠다 싶었고, 혹여 필터를 살 수 있으면 끼워서 써야겠다는 마음을 먹고 만들기 시작했다. 일회용 마스크를 구할 수 없는 상황이 되다 보니 여기저기 천 마스크라도 달라고 손을 벌리기 시작했다. 한 백오십장을 만들어 지인들에게 나눠 주었다.

여기저기 막 나눠 주다 보니 한 후배가 혹여 마스크 만들어 다 나눠 주고 선생님 쓸 것이 없는 것은 아닌지 모르겠다고 하면서 요번은 심각하니 선생님 것은 남기고 나눠 주라고 했다. 정신이 번쩍 들었다. 그렇다. 늘 무언가를 만들어 나누어 주는 맛에 살았다. 자선사업가도 아니면서 쓸데없이 원단을 구매해 마구 돌렸다. 그 후배의 말을 듣지 못했다면 더 돌릴 생각이었다.

그동안 내가 무슨 짓을 한 것인지… 막상 수입이 끊긴 상태에서 다음 달에 결제해야 할 카드 값에 덜컥 겁이 나면서 압박감이 밀려왔다. 준비성 없이 마스크 한 장도 사지 않았던 한심한 나, 내가 지금 남을 생각할 때가 아닌데… 어리석은 나를 탓할 수밖에 없었다.

마침 서울에 사는 아들이 마스크를 살 수 없다고 했다. 지금 내가 지인들을 챙길 일이 아니다 싶어 남겨 두었던 마스크를 다 아들과 친정 식구들에게 보냈다. 그러나 식구들을 챙기고 나니 못 나눠 준 지인들이 맘에 걸렸다. 여기저기 줄 사람들을 표시해 놓고 보니 마스크 안감이 떨어졌다. 안감을 다시 사야 하는지 갈등이 생기기 시작했다. 장바구니에 담아 놓고 '너 뭐 하는 짓이야?' 스스로에게 반문했다. 지금 한 푼이 아쉬운데 또 사서 남을 줄 생각을 해? 문득 내가 병든 것 같았다. 그래서 냉정하게 장바구니를 비웠다. 그런데 속이 너무 상했다.

친한 동생한테 코로나19는 나를 이기적으로 만든다 했더니, 그건 당연한 것이고 이기적인 것이 절대 아니라고 한다. 그러면서 정신 차리고 요번 마스크도 절대 그냥 퍼주지 말고 제발 팔으라며 충고한다.

그래서 물물 교환을 했다. 처음으로 이기적인 마음을 먹고, 마스크를 달라고 하는 후배들에게 마스크 줄 테니 넌 돼지고기 사 오고 넌 만두 사 오라고 했다. 그런데 그 물물 교환을 한 것들로 저녁을 해 먹는데 목이 메인다. 자식들 잘 먹이려고 아등바등 열심히 사는 후배인데… 나한테 줄 고기를 안 줬으면 지 새끼들 풍족하게 먹였을 텐데… 그냥 나눠줄 걸 후회스러웠다. 그 마스크가 뭐길래.

잠깐의 이기적인 욕심에 불편하고 힘들었다. 그건 욕심이 아니라고, 당연한 것이라고, 그들은 나보다 더 잘살고 넉넉하다고 나를 합리화해도 그 불편함에 힘이 들었다. 난 없이 살아도 나눔이 행복했던 것일까? 내가 힘들어도 주고 싶었던 건가? 왜 이리 마음이 불편한 것인지 생각해도 알 수가 없다.

코로나19로 인한 사재기로 유럽의 마트들의 식자재와 공산품들이 동이 나자, 어떤 간호사가 제발 그만들 사가고 좀 나눠주라고 울면서 동영상을 올린 것을 보았다. 어떤 이가 블로그에 소독약 만드는 정제수를 그만 사가라고 호소한 글도 보았다. 그 정제수로 심장병 아이들 관을 소독하는 데 써야 하고 심장병 아이들은 그것이 없으면 살 수가 없다고. 그 글을 보고 정제수를 사려고 검색하려다 나 하나라도 안 사야겠다는 마음이 들어서 멈추고 말았다.

손을 데어 소독약 구하기 힘들었던 그 처지를 생각하면 나도 가끔 이기적이어야 하는 것이 맞다. 그리고 마스크랑 물물 교환한 음식들도 당연하게 먹는, 그런 마음을 키우며 살고 싶다는 생각도 들었다. 그런데 결국 그런 마음의 실천은 하지 못했다.

이번 사태를 겪으면서 사람들이 걸러졌다. 내가 이렇게 힘들 때 나에게 위로와 힘을 주는 사람은 누구일까 생각하게 되었다. 마스크 물물 교환 때문에 마음이 울적했던 내 마음을 아는지, 괜찮다며 이것저것 더 사 들고 방문한 후배들. 혹여 굶어 죽을까 봐 자주 전화해서 뭐 먹고 싶냐 하며 평소보다 방문이 잦았던 그 후배들을 난 나의 지인 보물 1호로 정했다. 고맙고 감사하고 정이 많은 친구들. 나도 많이 나눠 주었지만 참 좋은 인연이라 생각했다. 그 친구들이 나눠 준 맛난 고기들로 단백질을 보충하면서 영양분을 많이 축적했다.

힘들지만 세상 살맛나는 마음을 느끼게 해 준 그 후배들에게만은 다시는 물물 교환 하지 말자고 다짐을 했다. 그냥 내가 힘들어도 나눠 줄 만한 소중한 친구들이다. (갈뫼 50호)

사소한 것들에 대한 느낌

　일상의 작고 사소한 것들이 우리를 많이 울리고 웃기는 상황들을 만들어 낸다. 특히 여자들에게는 더욱 그렇다. 아주 커다랗고 값비싼 보석을 선물로 주는 것보다 길거리 마지막 떨이로 사 온 꽃다발을 들고 '사랑해' 할 때, 보석에 비할 수 없을 만큼의 감동을 받고 그 다음날 아침상의 반찬이 달라진다. 세상을 다 얻은 것 같고 내가 세상에서 제일 행복한 여자 같고, 그동안 작고 사소한 것으로 남편에게 바가지 긁었던 것에 굉장한 미안함을 갖는 것도 사실이다.

　그 흔한 부부 싸움도 결국 아주 작고 사소한 것들에서 비롯된다. 같이 길을 걷다 지나가는 다른 여자를 힐끗 바라봤다는 이유로 큰 싸움이 번져 이혼 직전에까지 가는 부부들도 본 적이 있다. 정말 별것 아닌 것에 목숨 거는 여자들, 사소한 것에 감동하고 사는 여자들. 남자들은 그것을 이해 못 한다고 하고, 여자들 역시 그 작은 일에 신경 써 주지 못하는 남자들을 이해 못 한다고 한다.

언젠가 존 그레이의 『화성에서 온 남자 금성에서 온 여자』에서 읽은 내용이 생각났다. 남자들 보고 냉장고에서 우유를 꺼내 달라고 하면 '어디 어디' 하면서 아예 찾지를 못한다고 한다. 그러나 한 번도 가보지도 않던 거리의 이정표를 보고는 구석구석까지 잘도 찾아간다. 반면에 여자들은 구석구석 그 복잡한 냉장고 안에 뭐가 있는지 다 잘 알고 외우고 있다. 심지어는 50m인가 500m인가 떨어져 있는 자기 남자의 어깨 위에 있는 다른 여자의 머리카락을 발견하는 것이 여자들이다. 그런데 한 번도 가보지 못한 길을 아무리 설명을 해줘도 이정표만 보고 찾아간다는 것이 무리라는 것도 여자이다.

남자들은 좁은 시야를 멀리 내다볼 수 있고 차량들의 오고가는 움직임을 잘 읽을 수 있다고 한다. 반면에 여자들은 대부분 야맹증 상태이거나 단거리 활동에 강하다고 한다. 때문에 장거리 여행을 할 때 낮에는 여자가 운전을 하고 밤에는 남자가 하는 것이 이상적이라는 것이다.

여자의 두뇌는 좁은 지역에서 미세한 운동에 잘 적응하도록 되어 있고 남자는 우뇌에 위치한 공간 지능이 여자보다 우월하다고 한다. 때문에 남자들은 한 가지 일을 할 때는 그일 밖에는 못하지만 여자들은 전화를 받으면서도 찌개를 끓이거나 청소하거나 여러 가지 일을 동시에 다 할 수 있다. 또 남자를 화나게 하는 간단한 방법은 남자가 못을 박을 때 그 옆에서 말을 걸면 된다고 했다. 이렇듯 여자와 남자의 행동이 차이가 나는 것은 뇌의 구조가 다르기 때문이라고 한다.

영국의 심리학자 데이비드 루이스 박사는 "남자가 크리스마스 시즌에 쇼핑할 때의 스트레스 강도가 폭도를 진압해야 하는 경찰관이 느끼는 스트레스와 거의 비슷하다. 이것은 진화적 과정에서 형성된 남녀의 차이와 두뇌 회로의 차이 때문이다. 남자는 '터널 시야'를 가지고 있어 직선으로 움직이는 데 익숙하다. 그래서 지그재그로 움직여야 하는 쇼핑이 남자에게는 여간 불편한 것이 아니다. 남자는 방향을 바꿀 때마다 의식적으로 더 많은 결단을 내려야 한다. 한 연구에 의하면 남자들이 음식과 의상 쇼핑을 싫어할 뿐만 아니라 그런 쇼핑을 자주 하면 건강에도 해롭다고 한다. 남자들에게는 큰 스트레스로 작용하기 때문이다."라고 말한다.

나도 신랑이랑 참 많이도 싸웠다. 지금 생각해 보면 남자의 심리 상태를 모르고 이해할 수 없어 많이 싸운 것 같다. 상대를 미워서해서도 아니고 그저 자기 생각대로 해석하기 때문에 싸운 것이다. 지금은 싸움이 시작되려고 하면 왜 저러지 생각하기 전에 '아~ 남자는 나와 구조가 달라. 그러니 이해를 시켜야 해.' 하며 이해를 시키려 하니 싸움이 거의 일어나지 않는다. 신랑도 내가 내 상황이 이렇다고 이야기하고 나면 금방 이해를 하고 그렇구나 한다.

동생들이 제부와 싸움을 했다고 이야기하면 내가 상황을 정리해 준다. 그러면 동생과 제부는 '맞아, 맞아' 하면서 어떻게 그렇게 잘 아냐고 한다. 사람의 심리란 참 묘해서 자신의 입장에서 이야기해 주고 입장 바꿔 생각해 주면 아주 별것 아닌 것이 된다. 싸움을 정리해 주고 어쩔 땐 오히려 내가 영웅이 된 양 혼자 기뻐 날뛴다.

그러나 아직도 나나 우리네 모든 사람들은 아주 작고 사소한 것에 힘들어한다. 나이를 먹으면 아이가 된다는 이야기가 있듯이, 나이를 먹어 가면서 작고 사소한 것에 섭섭해지고 소견머리가 더 좁아진다. 나도 가끔 사소한 것에 목숨을 걸고 흥분하고 서글퍼하고 화를 낸다. 그러다 혼자 흥분한 것이 억울해 상대에게 따질까 하다가도 '그래, 그래. 다 내 탓이다' 하고 체념을 한다. '흥분해 봐야 나만 손해다' 하고 나의 소중한 엔도르핀이 빠져나갈 걸 생각하곤 멈춰버린다. 그만큼 늙고 싶지 않기 때문이다. 이제는 사소한 것에 목숨을 걸고 싸움을 하던 것도 중단하고 싶다. 정말 나이를 먹는지는 모르겠지만 더 많은 것들에 시간을 허비하고 싶지 않다.

어릴 적 신랑과 연애할 때 누누이 말했던 이야기가 있다. '사랑하기도 모자를 시간, 싸우지 말고 우리 많이 사랑하자' 했던 말처럼 정말 많이 사랑하며 살고 싶다. 이제 우리에게 주어진 시간이 어쩌면 사랑하기도 모자를 시간이기에…   (갈뫼 36호)

작은 미소를 주는 그녀

하루가 또 시작이다. 아이를 학교에 데려다 주려 부랴부랴 서둘러 차 시동을 건다. 초를 다투는 아침 시간, 오늘은 시내로 갈까 아니면 가던 길로 갈까. 우리 집에서 아이 학교를 데려다 주는 시간은 왕복 십사 분, 차가 막히면 이십 분쯤. 조금 늦어지면 이 좁은 도시에서도 교통 체증이 빚어진다. 서울에 비하면 세 발의 피 만큼이라지만 늦어지는 그 순간의 시간은 배가 된다. 차에서 내려 주는 시간이 이분 전만 되더라도 지각을 면하기 때문이다.

아이를 내려놓고 아이의 학교 담을 따라 다시 집으로 돌아오는 길에 매일 그녀를 만난다. 그녀를 만나는 시간은 아침 8시 20분에서 23분 사이다. 멀리서 터벅터벅 걸어오는 그녀가 보인다. 오늘은 어떤 모습일까? 궁금해지기 시작한다. 내가 눈이 좋아 멀리서도 그녀를 알아볼 수만 있다면 그 호기심이 덜했을지도 모르는데, 노화된 눈 때문에 어떤 모습일까 궁금함은 더해진다.

멀리서 형체만 보여도 그녀임을 단번에 알아차릴 수 있다. 뒤차에 미안은 하지만 딴청을 부리며 슬슬 액셀레이터를 놓으며 간다. 난 씨익 미소를 지으며 그녀임을 확인하고 다시 액셀레이터를 밟는다.

처음 그녀를 보았을 때의 모습은 선머스마 같았다. 나이는 스물두어 살 젊은 처녀 같은데 정말 촌스럽다. 그녀를 본 첫 느낌이 그랬다. '세상에 안 꾸며도 저리 안 꾸미나?' 머리는 다듬어지지 않은 생 단발, 빛바랜 베이지색 점퍼에 바지는 물이 빠진 청바지, 그리고 신발은 거의 남자아이들이 신는 남녀 공통 랜드로바. 다 빛이 바랜 색들이다.

아침마다 그녀가 걸어오는 모습에 절로 웃음이 나온다. 늘 자신감이 차 있는 걸음걸이. 극히 드문 촌스러움을 하고도 저리 당당하게 걷고 있는 그녀가 참 궁금했다. 직업은? 나이는? 애인은? 등등으로 호기심을 유발하는 그녀. 2년 동안 한 번도 눈은 마주치지 않았지만 매일 스치는 그녀에게 미묘한 감정을 가지고 지나간다.

하루 일과를 시작하는 시간 나에게 웃음을 주는 그녀. 그 골목에 그녀를 보는 순간순간이 재미로 느껴진다. 모습이 보이지 않아 왜 없지 하고 보면 역시나 그녀는 멀리서 행색과 어울리지 않게 군인처럼 당당하게 박자를 맞추며 걸어온다. 비가 오면 비가 오는 대로 눈이 오면 눈이 오는 대로 우산 하나 더하고 늘 그 차림새다.

그녀를 못 만나는 시간은 방학 때이다. 나도 그녀도 그 길을 갈 일이 없기 때문이다. 내 생활에서 그녀를 기억할 만큼 생각나는 것도 아니기 때문에 내 일상에서 그녀는 잊혀진다. 그러나 그 시간 그 자리 그 길을 지날 때면 생각나 어김없이 궁금해진다.

그런데 어느 날, 멀리서 오는 모습은 분명 그녀인데 모습이 조금 달라져 있다. 이상하다. 분명 그녀인데… 피식 웃음이 나온다. 파마를 했다. '어디서 저런 파마를 했지?' 전형적인 아줌마 파마, 곱슬 곱슬 파마다. 푸하하하하~ 막 웃었다. 그녀가 올쯤 애써 딴청을 부리며 외면했지만 왠지 그녀의 모습이 더 당당해졌다. '에고~ 저 파마 한 모습 때문일까. 아휴~ 멋을 좀 부리지.' 연두색 바바리도 하나 샀나 보다. 이왕이면 같은 색 계열로 입지. 여전히 신경 쓰지 않은 모습이지만 그녀는 나름대로 멋을 낸 것 같다. 그녀를 무시해서가 아니라 '오늘은 조금 더 신경 쓰면 좋을 것을…' 하는 바람은 나만의 생각이겠지.

여름이 오고 있다. 더위가 시작될 무렵, 여전히 그녀는 저 밑에서 걸어온다. 그런데 오늘은 좀 뽀얀 기색이 보인다. 어? 파운데이션을 발랐다. 태양 빛에 타지 않으려고 선크림을 발랐나 보다 생각했다. '어, 좀 신경 쓰네~ 머리도 하고. 애인이 생겼나?' 궁금해지기 시작했다.

그 다음날 그녀의 모습은 또 변해 있다. 핑크색 루즈도 바르고

'여름날에 웬 바바리? 생전 벗지도 않던 그 빛바랜 바지를 벗어버리고 원피스에 핑크색 바바리? 웬일이지?' 머리도 점점 자리를 잡아가고 오늘은 화장도 했다. 눈썹도 그리고 눈가에 새도우도 그리고 볼터치까지. 옷은 새로 장만하고 루즈도 샀나 보다. 구두도 샀다. 비록 단화지만 피식 웃음이 나온다.

2년 동안 본 결과, '오늘이 최고야~ 그중 젤 낫다.' 근데 꼭 예복 같다. '결혼했나? 그녀도 날 의식했나? 이렇게 매일 만나는데 의식할지도 몰라. 아니야~ 그런데 요즘 심상치가 않아.' 매일 같은 신발, 같은 옷이었는데 과감하게 파마하고 신발, 원피스, 바바리에 거기다 화장까지. 그녀의 모습이 변하고 있다. 대단한 발전이다. 가까이 보니 작은 체구이지만 화장기 있는 모습이 귀엽긴 하다. 그녀는 그렇게 나의 아침에 작은 미소를 안겨 주었다.

좁은 도로에 차가 엉키고 엉켜 짜증이 날 무렵, 어김없이 내 옆을 스쳐 지나가는 그녀. 나이가 몇인지 누구인지 나도 모른다. 아이에게 물어 볼 듯도 한데 나도 집에 오면 그녀를 잊기 때문이다. 그저 아침마다 스쳐 지나가는 사람 중에 한 사람일 뿐이다. 나 혼자만이 추측이지만 아마도 교사인 것 같다. 집으로 돌아와 차 시동을 끄면 그녀의 존재는 내 머리 속에서 지워지지만 몇 분의 짧은 시간 동안 나에게 웃음을 던져 주고 있음을 그녀도 알고 있을까?

웃음에는 미소(微笑), 실소(失笑), 고소(苦笑: 쓴웃음), 폭소(爆笑), 조소(嘲笑), 냉소(冷笑), 비소(鼻笑) 등이 있다. 웃음은 기쁠 때나 슬플 때나 또는 간지럼을 태울 때와 같은 신체적 자극, 무안해서 남을 비웃을 때, 우스꽝스러움에서 멋쩍을 때, 가식으로 연기를 할 때 오는 다양한 웃음들이 있다.

예로부터 웃음에도 기품이 있다고 하여 아녀자들은 소리 내어 웃지 못하게 했다. 방정맞게 깔깔거리며 입을 크게 벌려 웃으면 경박하다고 나무랐다. 그래서 손으로 입을 가리고 웃는 모습이 나왔나 보다. 그러나 요즘은 어디 그런가? 여기저기 거리를 지나다 보면 사람들의 웃음소리가 시끄러울 때가 있다. 상대방을 배려하지 않고 큰 소리로 웃는다. 뭐가 그리 좋은지… 그래도 웃으니 좋다.

가끔은 자신을 숨기기 위한 비열한 웃음도 있다. 남을 얕보는 듯한 보일 듯 말 듯 기분 나쁜 조소의 웃음도 있다. 반갑다며 억지웃음을 짓지만 그 표정에 가식이라는 것이 나타날 때도 있다. 또는 웃을 때 크게 제스처를 취하며 남을 때리면서 웃는 웃음도 있다. 이렇게 다양하게 나타나는 웃음에는 우리의 감정이 숨겨져 있다. 웃음은 우리에게 복잡한 마음의 심경을 대변하기도 하고 기쁨을 주기도 한다.

어릴 때는 자신의 감정 표시로 웃음일 짓기도 하고 나아가 사춘기 소녀 시절에는 자신들의 언어로 웃음 짓기도 한다. 우리는 다른 사람과의 관계가 좋을 때는 상대방에게 미소를 보내기도 하며, 같은 동지임을 밝히기도 한다. 그러나 적이라고 느끼면 결코 미소를 좋게 보내지 않는다. 이렇듯 우리에게 미소는 서로 간의 긍정적인 상호작용을 한다.

또한 웃음은 사람에게 정말 좋은 약기이도 하며 스트레스 해소에도 많은 도움을 준다. 하루에 한 번 웃음이 면역력을 증가시키고 만병을 치료한다고도 했다. 웃음 치료 강의가 한동안 성황이었다. 그 덕에 웃음 치료사도 많이 등장했다.

하루 일과에 지쳐 집에 돌아왔을 때, 나를 반겨주는 아이들의 웃음 덕분에 아빠들은 힘을 내고 더 열심히 일을 한다. 그 가족들의 웃음은 일상생활에 없어서는 안 될 소중한 힘이기 때문이다. 면접을 보러 갔을 때 감독관의 편안한 미소가 긴장도 풀어주어 면접을 잘 보기도 한다. 화가 나 있을 때 미소로 애교를 부리면 격한 감정도 누그러진다. 온화한 엄마 미소는 아이들의 학습효과 증진에도 도움을 주며 더 나은 기억력을 주기도 한다. 성장하는 아이들에게나 어른에게나 웃음이란 것은 만병통치약이다. 삶의 활력소이다. 많이 웃은 것 하나로도 강력한 엔도르핀을 만들어 내어 건강에도 유익함을 준다.

아리스토텔레스는 "뚜렷한 생물학적 목적이 없는 웃음의 유일한 기능은 긴장으로부터 해방이고 인간을 웃는 동물"이라고 했다. 그렇기에 우리 삶은 많은 웃음이 필요하다.

이렇게 나에게 소중한 웃음을 주는 그녀는 내게 참 고마운 존재이다. 그 몇 분 되지 않는 시간 속에서 많은 건강과 그리고 행복을 주기 때문이다.

우리 일상 속에서 나에게 미소를 주는 사람, 그녀처럼 내게 미소를 주는 이는 몇이나 될까? 그리고 나 또한 그들에게 얼마만큼의 미소를 줄까? 한 번쯤 생각해 볼 일이다.

(갈뫼 35호)

머피의 법칙

 나에게는 커다란 징크스가 있다. 어떤 물건이든 사면 꼭 정품을 사도 하자가 있는 것이 걸린다. 오디오를 사면 스피커가 불량이고 신발을 사면 사이즈가 짝짝이거나, 옷을 사면 올이 하나 풀려 있거나 한다. 그래서 나는 물건을 사도 꼭 정품이 아니면 안 샀다. 정품이 아닌 것을 사 오면 늘 '배보다 배꼽이 더 크다.'는 속담을 실감 나게 겪기 때문이다.

 언젠가 전기밥솥을 사는데 그 사원에게 속의 내용물을 다 확인하고 달라고 했다. 나를 물끄러미 쳐다본다. 물건을 사면 꼭 두 번 오게 되어 하자가 있는지 없는지 확인을 해야 한다고 하니 "아! 걱정 마세요. 이건 다 맞습니다." 하면서 포장을 하는 것이다. "아니요. 그 박스를 풀어서 속을 다보자고요." "에구~ 사모님, 여기선 그런 거 팔지 않습니다. 안심하고 가져가세요." 한다. "아니요, 그 박스 다 풀어서 밥솥 속도 다 확인하고 주세요. 아님 안 사겠어요."

어처구니없다는 표정을 지으며 그러면 그러시던가 하는 모습으로 마지못해 박스를 푼다. 아니다 다를까 밥솥에 고무 패킹이 안 끼워져 있다. "세상에… 이럴 수가." 직원이 어처구니없는 표정을 지으며 놀랜다. "거봐요. 난 확인하고 사야 된다고요. 또다시 올 뻔했잖아요." "아… 사모님 죄송합니다." 하곤 다시 박스를 싸서 들고 왔다. 정말 희한한 일이다.

아이 어릴 적 유치원 선생님에게 – 아마도 그날이 스승의 날이었던 걸로 기억된다. – 고마운 마음을 전달하기 위해 화장품이 여러 개 담겨 있는 세트를 사다 선물로 드렸다. 그런데 며칠이 지나서 담임이 아주 조심스럽게 내게 물었다.

"저어, 어머님. 화장품 주신 거, 정말 감사합니다. 그런데 어디서 사신 거예요?" "왜요?" 아니 저어~ 하면서 주춤주춤한다. "편하게 이야기해 보세요." 하니 "사실은 어머님이 주신 화장품 중에 루즈가 빈곽이에요." "예? 정말이요?" "예" 괜히 풀어서 보면 오해할까 봐 아예 풀지도 못하고, 바꾸려고 하니 어디서 산 줄 모르고 곤란했던 모양이다. 난 동네 아는 언니네 가게애 그걸 들고 가 "언니 어쩜 이런 걸 줬어"라며 화를 내었다. "그럴 리가 있니? 다 세트로 나오는 건데… 참 이상도 하다." "그럼 선생님이 그것 하나만 빼서 쓰고 거짓말하겠어?" "그러게, 참내" 하면서 바꿔 준 적도 있다.

똑같은 명품을 사서 들고 와서 보면 난 어디든 하자가 있다. 왜 그런지 나도 모른다. 그래서 난 가게든 상점이든 꼭 두 번 가게 된다. 바꾸러 가기 때문이다. 또 내가 이불 빨래를 하는 날의 그 다음 날은 영락없이 비가 온다. 오죽하면 너무 비가 안 오면 친구들이 "너 요즘 이불 빨래 안 하니?" 한다.

사람마다 징크스가 있긴 하다고 하지만 난 유독 심하다. 우리 동생도 징크스가 있다. 동생은 세차만 하면 비가 온다. 그래서 동생 차는 엄청 더럽다. 제발 세차 좀 하라고 하면 "언니, 세차하면 비가 와서 차 도로 더러워져. 그냥 다닐래." 하면서 아가씨가 엄청 지저분하게 차를 끌고 다녔다. 요즘은 시집가서 어떤지는 안 물어봤지만…

징크스가 뭐길래… 하면서 한번은 정말 시험을 해 본다. 날씨를 정확히 알고 비가 오지 않는다는 주일을 택해 이불을 빨았다. 정말 희한한 일이다. 비가 왔다. 그래서 난 이적지 이불을 포송포송하게 햇빛에 말려 본 적이 거의 없다. 다 잘 때 거실이나 안방에 널거나 하루가 지나서 다시 햇빛에 말리거나 했다.

물건을 하나 사러 가도 그렇다. 그 가게에 손님이 하나도 없다가도 내가 있을 때 손님이 들이 닥친다. 그래서 물건값을 깎다가 주인장이 다른 손님 받느라 안 깎아 주게 된다. 오죽하면 장사하는 아는 동생이 손님이 하나도 없다고 장사가 안되는 날은 전화가 온다.

"언니, 손님이 하나도 없어 두어 시간만 있다 가." 그래서 가게에 가면 정말 두어 시간 있다 손님이 온다. 어떨 때는 막 화가 난다.

단골 가게는 그런 걸 알아서 내가 오면 좋아하고, 오히려 가려고 하면 옆구리 꾹꾹 찌르면서 눌러 앉힌다. 하지만 처음 가는 가게는 내게 실속이 없다. 그러다 보니 몇 년 전 남편이 하도 속을 썩여 한숨이 나올 때 '이런, 혹? 남편도 하자가 있어 새로 바꿔야 하는 거 아니냐' 하고 친구랑 수다를 떤 적도 있다.

친구는 나의 징크스를 너무도 잘 안다. 그 친구 남편이나 우리 남편은 술을 좋아해 집에 일찍 들어오는 적이 드물다. 그러나 우리 둘이 만나서 그 친구가 우리 집에 오면 우리 남편이 일찍 들어오고 그 집에 내가 놀러 가면 그 집 남편이 일찍 들어온다. 그래서 '우리 남편들 일찍 들어오게 하고 싶으면 매일 만나야겠다.' 하고 웃어넘긴 적도 있다. 하긴 어릴 적에도 소풍 가는 날에 꼭 비가 오거나 해서 못 가는 선배나 후배들도 있었으니 이상하긴 이상하다.

원래 '징크스'라는 말은 딱따구리의 일종인 '개미잡이'라는 새에서 유래 되었다고 한다. 일반적으로 '재수 없다' 등 불길한 예감을 먼저 갖는 것을 뜻한다. 의미 없는 것에 승패의 의미를 부여하는 미신 같은 것으로, 특히 운동선수들 사이에서는 더 많다. 어떤 선수는 시합에 이기기 위해서 시합 당일에 빨간 속옷을 입고 나간다고 했다. 이것은 자신에게 다가올 불길한 예감을 기피하기 위한 방어의 목적이며, 예방을 한다는 심리적인 요인이 많이 차지한다.

또한 우리는 미신임을 알면서도 시험날 미역국을 먹으면 대학

시험에서 떨어진다 하여 먹지 않았다. 오히려 시험에 잘 붙으라고 찹쌀떡과 엿을 사주었다. 새로 이사한 집에는 선물로 만사가 술술 잘 풀리라고 두루마기 휴지를 사주기도 한다.

예전부터 아침에 까마귀가 울면 재수가 없다고 하며 누군가가 죽나 보다 하였고, 숫자 4자를 죽음의 숫자라 하여 잘 쓰지 않았다. 논리적으로 설명이 불가능하지만 사람의 힘으로 어쩔 수 없이, 으레 그렇게 될 수밖에 없는 불길한 사건들을 징크스라고 이야기한다. 어떠한 사건으로 인해 연속적으로 일어나는 불행한 일들, 즉 이 징크스의 불안감을 벗어나기 위해 우리는 나름 자신들만의 방법으로 그 징크스를 깨려고 애쓰고 있다.

징크스는 어쩌면 우리의 실생활에 깊숙이 존재하고 있을지도 모른다. 그런 징크스에 대해 자유로운 사람은 극히 드물 것이다. 자신을 보호하려는 의지가 크게 자라서 언제 자신에게 다가올지 모르는 위험에 대비하려는 마음의 안도 같은 것이다.

누구나 어떤 위험이 닥치는 것을 좋아하는 이는 세상에 하나도 없을 것이다. 불길한 예감은 어쩜 그리도 딱 맞아떨어지는지, 우리는 그 운명적이지 않는 운명이라는 것을 비켜 나갈 수는 없는 것일까?

오늘도 그 징크스를 깨기 위해 이불 빨래를 한다. 그러나 나도 모르게 하늘을 한 번 보는 것은 왜일까?